Le Crocodile de Gratchevka

Ilya Salov

Le Crocodile de Gratchevka

Traduction anonyme

LINGVA

Ilya Salov

Ilya Alexandrovitch Salov (1834-1902), est né à Penza, dans le sud de la Russie. Sa famille ayant été ruiné par l'incendie de son domaine, il monte très jeune à Moscou pour chercher du travail. Il entre alors au service du gouverneur Ivan Kapnist, tout en entamant une carrière littéraire, une carrière qu'il suivra jusqu'à sa mort. Il a publié de nombreuses nouvelles, des romans, ainsi que quelques pièces de théâtre.

Le Crocodile de Gratchevka est un court roman publié une première fois en 1879. Il y fait la satire d'une petite communauté rurale, regroupée autour de son pope, de son instituteur et de sa barinia, un petit monde troublé par l'arrivée de gens venus de la ville. Texte satirique, *Le Crocodile de Gratchevka* n'est pour autant pas un texte féroce : certes, Salov s'y moque de ses personnages, mais avec gentillesse, et même tendresse.

Curieusement, Salov a fait le choix de réécrire totalement ce texte, en le rééditant en 1884. Il s'y trouve alors profondément modifié, avec des chapitres supplémentaires, et le caractère anti-nihiliste du Crocodile de Gratchevka est considérablement renforcé.

C'est la première version (et à nos yeux la meilleure) qui a été traduite en français en 1884 chez Hachette, dans un volume sobrement intitulé *Nouvelles*. Cette traduction, anonyme, a été comme d'ordinaire révisée par nos soins et a bénéficié d'une relecture de Samuel Minne, que nous remercions vivement.

I

La *Feuille d'Avis* locale publiait dernièrement, dans son n° 154, la lettre qu'on va lire :

« Monsieur le rédacteur,

« Je m'empresse de vous informer que depuis quelques jours un crocodile a fait son apparition dans le voisinage de la terre d'Anfissa Ivanovna Stolbikova, située près du village de Gratchevka, au milieu même du marécage qui borde la rivière de ce nom. La première nouvelle de ce fait extraordinaire fut apportée par la mère du forgeron de Gratchevka, Matrena Ivanovna Molotova. Voici ce qu'elle a raconté au staroste[1] du village : elle était en train de laver son linge au bord de l'eau, à deux pas de l'endroit où s'est formé un banc de sable, et où se baigne d'habitude la nièce de Mme Stolbikova, Meletina Petrovna. Tout à coup, après le départ de la baigneuse, les oies, qui nageaient près du rivage, se jetèrent de côté avec des cris assourdissants. Quelque chose les avait sans doute effarouchées, car elles battirent des ailes et s'envolèrent de tous côtés ! Fort surprise de ce tapage, la vieille Molotova courut vers cet endroit, afin de s'assurer par elle-même du motif de leur panique, mais elle n'y trouva absolument rien. Seulement, à deux pas de là, elle entendit à plusieurs reprises un bruit sourd, comme si un objet quelconque s'éloignait à la hâte en rampant, évidemment pour se dérober aux recherches ; elle vit les joncs s'agiter et s'incliner de droite et de gauche dans la direction du bois qui longe le marais. À la suite de ces informations, le staroste engagea le saltski[2] et

---

1 Équivalent du maire.
2 Fonctionnaire de la police rurale.

quelques autres paysans à l'accompagner sur les lieux où s'était passé l'événement. En regardant de près, ils constatèrent que, tout au bord de l'eau, les roseaux étaient en effet fortement foulés et brisés, comme si on s'y était couché et même vautré, et qu'à partir de cet endroit, un sentier à peine visible avait été frayé au milieu des joncs, et se dirigeait vers la forêt. Le staroste le suivit, mais, au bout de quelques pas, le sentier disparaissait subitement, et il s'enfonça jusqu'à la ceinture dans une fondrière profonde ; impossible d'aller plus loin. Il fit rédiger aussitôt un rapport officiel ; mais comme il ne savait ni lire ni écrire, il y apposa, en guise de signature, le sceau de sa charge, et le présenta ainsi à l'administration communale de Rytchi. Malheureusement, l'administration communale n'ayant pas jugé ce document digne de son attention, il fut jeté au feu avec d'autres paperasses.

« Le même jour, vers huit heures du soir, des filles du village, au nombre de six, qui revenaient des champs après avoir fait les foins, s'arrêtaient en passant devant le banc de sable, avec l'intention de se baigner. Se déshabiller et se plonger dans l'onde fraîche fut pour elles l'affaire d'une seconde. Fatiguées par la chaleur du jour, elles se reposaient en faisant la planche et s'amusaient à s'asperger, à qui mieux mieux, lorsque, du milieu des joncs près desquels elles nageaient, partit soudain un cri perçant, suivi d'un formidable bruit de mâchoires... Les baigneuses, épouvantées, s'élancèrent hors de l'eau, et, n'osant reprendre leurs vêtements, qu'elles avaient laissés près de l'endroit où le cri s'était fait entendre, elles coururent tout droit au village en costume de naïades, et se présentèrent, dans ce simple appareil, devant le staroste. Celui-ci, après les avoir écoutées, leur donna de sages instructions, et, pour prévenir toute éventualité de danger à l'avenir, défendit sévèrement les bains de rivière à la population féminine et masculine de Gratchevka.

« Le lendemain matin, au point du jour, le sacristain du village de Rytchi pêchait à la ligne au même endroit. Le lever du soleil ayant mis fin à sa pêche, il eut envie de se baigner. Dans l'ignorance des événements de la veille, il ôta tranquillement ses habits et se laissa glisser dans la rivière. Ne sachant pas nager, il s'accroupit sur ses talons tout près du bord, pour bien se laver la tête, lorsque quelque chose lui saisit par-derrière sa maigre natte de cheveux, et le tira brusquement hors de l'eau... Ce qui lui arriva ensuite est un profond mystère, car il perdit aussitôt connaissance, et on le trouva étendu tout de son long dans les hautes herbes.

« Vous décrire la terreur qui règne dans notre localité me paraît inutile : vous la comprendrez facilement. Les conversations ne tarissent plus sur ce sujet, et de nouveaux détails sont venus encore s'ajouter aux premiers. On raconte entre autres que le feldscher[3] du district, Nirioute, étant allé dernièrement à la chasse, aperçut un objet d'un brun foncé, de deux sagènes[4] de long, qui nageait au beau milieu de la Gratchevka ; il tira dessus, mais, à ce qu'il rapporte, il lui sembla que le monstre n'avait pas été atteint par son coup de fusil. L'autre nuit, le pêcheur Danila Sedov, qui était allé tendre ses filets, fut jeté subitement à l'eau par un être inconnu ; son bateau chavira, et il eut grand-peine à regagner le bord.

« Tous ces faits incroyables, en se succédant sans relâche, augmentèrent, comme vous le pensez bien, la panique. Des sentinelles furent placées à l'endroit fréquenté par le terrible animal, avec ordre de veiller jour et nuit ; mais depuis lors, comme par un fait exprès, il ne s'y est plus laissé apercevoir. Deux semaines s'écoulèrent ainsi sans nouvel incident ; les esprits se calmèrent, on se dit que le monstre avait sans doute élu domicile

---

3 Aide-chirurgien.
4 4,20 m.

ailleurs, et les sentinelles furent relevées de leur poste. Tout à coup une nouvelle aventure jeta encore l'alarme dans la contrée. Un garçon de sept ans, nommé Vassili et fils d'Ivan Matine, paysan de Gratchevka, disparut mystérieusement. Ses vêtements furent trouvés sur le banc de sable dont nous avons déjà parlé, et tout à côté du marécage habité par le crocodile… On supposa d'abord que l'enfant s'était noyé ; mais dans ce cas on aurait dû retrouver son corps, et malgré toutes les recherches on n'obtint aucun résultat. On dragua la rivière, on lança sur l'eau des vases remplis d'encens fumant, mais les dragues restèrent vides, et les vases descendirent tranquillement le courant sans s'arrêter nulle part[5]. Enfin on renonça à toute recherche, et on en vint à cette triste conclusion, que le malheureux enfant avait été à son tour une victime du monstre ! C'en était trop ; la sécurité publique exigea dès lors qu'on le découvrît à tout prix, et il fallut songer aux fins et moyens d'en arriver là. Notre excellent et éclairé maître d'école du village, M. Znamenski, prit aussitôt sur lui cette difficile tâche. Je crois de mon devoir de dire ici, en passant, que M. Znamenski a su en peu de temps acquérir la confiance et le respect de chacun, grâce au zèle infatigable qu'il déploie dans l'exercice de ses fonctions pédagogiques, zèle que le membre du conseil des écoles est seul à méconnaître, car il n'a pas même songé à porter M. Znamenski sur la liste de ceux qui ont droit à une récompense.

« Le jour de la disparition de l'enfant, quand on eut épuisé tous les moyens de sauvetage, notre digne maître d'école se rendit immédiatement, en compagnie du saltski et de quelques anciens du village, sur le théâtre de l'épouvantable sinistre. Réunis à huit heures du soir, sur le banc de sable, ils aperçurent à son autre extrémité Meletina Petrovna qui se baignait et se passait avec soin

---

5 La croyance populaire veut qu'un vase rempli d'encens doive s'arrêter au-dessus du cadavre d'un noyé – NdA.

une éponge savonnée sur le cou, tout en plongeant de temps à autre sa gorge dans le courant. Un sentiment naturel de pudeur les engagea à attendre la fin de son bain et de sa toilette. Elle ne tarda pas à sortir de l'eau, se déroba un moment derrière les joncs, et reparut peu après toute pimpante, une ombrelle à la main, pour reprendre le chemin qui conduit à la maison de sa tante Anfissa Ivanovna Stolbikova. Alors seulement M. Znamenski se permit de s'approcher de l'endroit que venait de quitter la jeune femme. À peine fut-il arrivé au milieu des joncs, qu'un bruit étrange éclata à ses pieds : un objet informe plongea avec une précipitation extrême dans la rivière, et y disparut, en inondant M. Znamenski d'une véritable douche ! Le saltski et les anciens accoururent à son secours, mais il leur fut impossible de rien découvrir. Ils n'en continuèrent pas moins leurs recherches dans l'intention humanitaire de tomber sur les traces de l'infortuné Vassili : on ne trouva, hélas ! à ce fatal endroit qu'un bout de cigarette, un vieux pantalon, une veste en toile, une casquette, une chemise en indienne et des bottes ! Ces objets furent soumis aussitôt à l'examen de M. Znamenski, lequel les reconnut pour appartenir au fils du prêtre de Rytchi, Asklipiodote Psychologov. Tous éprouvèrent une terreur indicible à la pensée qu'Asklipiodote avait eu sans doute le même sort que l'enfant, et avait été probablement broyé comme lui par les dents du monstre. Ils se dirigèrent à l'instant vers la demeure du père Ivan, et leur frayeur fut à son comble en apprenant qu'Asklipiodote n'était pas rentré. Dans la soirée seulement, et même lorsqu'elle était déjà assez avancée, M. Znamenski eut la satisfaction de rencontrer ledit Asklipiodote dans la boutique d'Alexandre Vassilievitch Sokolov. Quoique fortement pris de boisson, le jeune homme parut enchanté de rentrer en possession de ses habits, et raconta son aventure dans les plus grands détails. Il avait en effet failli être dévoré par un crocodile gigantesque, et n'avait dû son salut qu'à son talent de nageur et de plongeur. Le crocodile, qu'il avait vu, vu de ses yeux, avait trois sagènes de long ; son dos, couvert d'écailles imbriquées, présentait un exhaussement dans le milieu, sa langue était courte, et les dents de sa mâchoire ressemblaient à d'énormes défenses. Le dessus de son corps était d'un brun jaune, le dessous d'un jaune sale. Ses mouvements dans l'eau étaient si prompts qu'Asklipiodote avait eu toutes les peines du monde à lui échapper, tandis que sur la terre il se traînait au contraire avec difficulté. Asklipiodote ne l'avait aperçu qu'une fois entré dans la rivière, voilà pourquoi il s'était sauvé sans ses vêtements. Il se rappelait aussi que le crocodile, couché dans les joncs, fixait ses grands yeux sur lui, la gueule ouverte, comme pour le fasciner ; puis tout à coup il s'était élancé dans l'eau, trop tard heureusement, car Asklipiodote avait à l'instant plongé comme une flèche et, une fois arrivé au bord s'était sauvé à toutes jambes.

« Voici donc le mystère dévoilé ! Il n'y a plus à en douter : le monstre qui cause tant de terreur est bel et bien un crocodile !

« Je termine ici ma lettre, en vous promettant, Monsieur le rédacteur, de vous en envoyer sous peu une seconde, dans laquelle je vous donnerai une description détaillée de l'animal, car il paraît que M. Znamenski va prendre les mesures les plus énergiques pour s'emparer de ce féroce amphibie.

« Que le Seigneur lui vienne en aide ! »

II

Cette lettre, dont on attribua la paternité à M. Znamenski, bouleversa, comme on devait s'y attendre, tous les habitants du district.

On en donna connaissance à l'officier de police, qui s'empressa d'aller interroger tour à tour la paysanne Molotova, les six jeunes filles de Gratchevka, le sacristain de Rytchi, le feldscher Nirioute, Asklipiodote Psychologov et d'autres encore, dont il envoya immédiatement les dépositions à qui de droit.

Les paysans placèrent des pièges, tendirent des filets, parcoururent la rivière en aval et en amont, firent une battue dans le marécage… Pas plus de crocodile que sur la main !

La rédaction de la *Feuille d'Avis* envoya un de ses correspondants à Gratchevka, avec mission de suivre cette affaire et de prêter son concours à M. Znamenski, en aidant à placer dans la rivière des harpons garnis de morceaux de viande pour allécher l'amphibie ; mais tous leurs efforts furent inutiles, et le correspondant s'en retourna bredouille.

Pendant ce temps, la fameuse lettre fut réimprimée dans les journaux des grandes villes, et la nouvelle de ce phénomène se propagea dans toute la Russie comme une traînée de poudre. Les plus incrédules en furent stupéfaits, et y cherchèrent des explications plausibles. Un journal émit l'opinion que, selon toutes les probabilités, il ne pouvait être question d'un crocodile, puisque le crocodile n'habite, comme on le sait, que les climats chauds, mais sans doute il s'agissait du grand serpent de mer dont on avait signalé dernièrement l'apparition sur les côtes de la Norvège, et qui avait mis en émoi les naturalistes de tous les pays.

Grâce à de minutieuses recherches dans de vieux bouquins et chez les vieux auteurs, on reconnut que l'existence de ce serpent était incontestable. Les Grecs et les Romains en avaient eu connaissance ; Pline et Virgile n'avaient-ils pas décrit, tous les deux un animal de la famille des serpents, qui habitait les rivières dans son jeune âge, et les quittait pour la pleine mer, dès qu'il prenait tout son développement, l'océan seul lui offrant alors l'espace nécessaire pour ses ébats ? La lecture de cet article provoqua chez M. Znamenski un accès de colère indicible. Il y répondit aussitôt par un autre article, dans lequel il prouva que le journal, en citant Pline et Virgile, se fourvoyait dans le domaine de la fantaisie ; que le monstre de Gratchevka n'était pas un serpent de mer, mais bien un crocodile, et rien qu'un crocodile ! Il ajoutait : « Bien qu'il soit admis en général que cet animal habite de préférence les pays chauds, il n'est nullement prouvé qu'on ne puisse le rencontrer sous un climat tempéré. N'avait-on pas vu, l'année dernière, deux élans s'égarer jusqu'à Gratchevka ? N'y avait-on pas tué un chamois quelque temps auparavant, et la Russie n'abondait-elle pas d'ailleurs en étrangers de toute race, provenant d'une foule de pays différents, tels que savants, ingénieurs, cantatrices célèbres, gouvernantes diplômées, qui supportent parfaitement les froids de l'empire des neiges et y récoltent même une ample moisson ? Pourquoi dès lors serait-il impossible aux crocodiles d'y vivre ? » En conséquence, M. Znamenski croyait de son devoir de protester énergiquement contre l'altération du fait et de rétablir la vérité sur l'apparition effective et réelle d'un crocodile à Gratchevka, apparition que le bourgeois honoraire de Rytchi, Asklipiodote Psychologov, était prêt à confirmer sous serment. Il l'avait vu de ses propres yeux, il avait failli en devenir la proie… Donc ce n'était pas un serpent de mer, mais bien un crocodile !

M. Znamenski eut beau se dresser sur ses ergots, le journal n'en continua pas moins à soutenir sa thèse, et alla même jusqu'à traiter de « sauvages » le digne maître d'école et Asklipiodote Psychologov. Remontant, dans sa description des monstres marins, jusqu'au gigantesque serpent de l'Iliade, tué par Héraclès, le héros de la mythologie grecque, il passa ensuite à la lutte d'un serpent de mer et d'une baleine, attestée de visu par le capitaine Dreware, aux récits du missionnaire Hans Eghed et de l'évêque Pontopidago, à la découverte d'un serpent à crinière jeté par la mer sur le rivage d'une des Orcades, et termina enfin cette nomenclature par le témoignage du docteur Picard, qui affirme avoir vu au repos, du haut du phare de la baie de la Table, dans le courant du mois de février 1857, un véritable monstre marin, à cent cinquante pas du rivage. Picard tira dessus et le manqua. Le 14 avril suivant, on vit l'animal se rapprocher de la plage, avec le désir évident de s'y prélasser au soleil. Les tirailleurs écossais, qui manœuvraient dans des canots, sous le commandement du lieutenant Messiss, le remarquèrent, et lui envoyèrent une décharge. Il en parut d'abord médiocrement troublé, mais les coups de feu, en se succédant sans interruption, finirent par atteindre la bête, qui commença visiblement à faiblir. S'en approchant alors et lui plongeant une ancre dans la queue, soixante-dix hommes parvinrent, avec des efforts inouïs, à le haler jusque sur· le rivage, où, en revenant à lui, le monstre se jeta violemment de côté et d'autre. La force de ses coups de queue était telle, qu'elle souleva d'énormes pierres et les lança en l'air à plusieurs sagènes de haut. L'une d'elles blessa un homme, tandis qu'une autre brisa les vitres d'une fenêtre située au troisième étage de l'Hôtel de Calédonie.

Un journal moins confiant que le précédent déclara que toute cette histoire n'était qu'une fable et un canard inventé par son confrère, à l'effet d'augmenter le nombre de ses abonnés, en excitant la curiosité du public. Il niait carrément l'existence d'un pareil phénomène, et citait à l'appui de son opinion celle du célèbre marin Frédérik Smith, lequel, naviguant sur le vaisseau le Pekin, affirma, à la suite de sérieuses observations personnelles, que le fameux serpent de mer en question n'était qu'un mythe. Un jour, disait-il, son équipage, croyant bien en avoir attrapé un, l'avait hissé à bord. En fin de compte, ce prétendu monstre n'était rien autre chose qu'une immense algue marine à laquelle ses racines couvertes de parasites donnaient, à une certaine distance, la forme d'une tête, tandis que l'ondulation des vagues donnait l'illusion d'un animal en mouvement. Quant au serpent des Orcades, ce n'était qu'un requin, et rien de plus.

Cette polémique inspira au *Réveil-Matin* la caricature suivante : sur le balcon d'un théâtre forain, tapissé du haut en bas de numéros du journal, se tenait le rédacteur en chef affublé d'une grosse tête, la plume derrière l'oreille, et criant : « Par ici, Messieurs, par ici ! Venez voir un phénomène sans pareil, un vrai monstre marin, qui, de la tête à la queue, mesure une verste et demie ! Par ici, Messieurs, par ici ! » Les Moscovites se pâmèrent de rire devant cette caricature, et ce numéro du *Réveil-Matin* (notez en passant que personne n'en aurait voulu d'autres même pour rien), ce numéro ainsi illustré se vendit 75 kopecks et atteignit dans la soirée le prix d'un rouble !

Cette plaisanterie n'empêcha pas du reste M. Znamenski d'être bombardé de questions et de propositions de toutes sortes au sujet du crocodile de Gratchevka. La « Société pour dompter les animaux récalcitrants » lui offrit entre autres une somme considérable dans le cas où il parviendrait à le lui procurer vivant. L'énergie de l'honorable instituteur redoubla d'intensité : il se livra avec une activité fébrile à cette entreprise capitale, et commença par distribuer de l'eau-de-vie aux paysans ; il vendit ensuite sa pelisse en peau de loup, et, avec l'argent qu'il en tira, commanda un filet spécial, capable d'emprisonner non seulement un crocodile, mais même au besoin un éléphant ! Lorsque tout fut prêt, il fit une nouvelle distribution d'eau-de-vie, encore plus copieuse que la première, et recruta des volontaires en assez grand nombre pour former un régiment. Asklipiodote Psychologov fut enrôlé. Avec un empressement des plus méritoires, il se hâta d'indiquer l'endroit exact où il avait rencontré le monstre, celui où il l'avait aperçu, et celui enfin où ce dernier s'était élancé sur lui. Le filet fut plongé dans la rivière, mais tous leurs efforts réunis arrivèrent seulement à prouver que toute la bande était ivre. Asklipliodote, qui avait le vin batailleur, traita ses compagnons d'imbéciles, et leur jeta à la tête d'autres épithètes peu flatteuses du même acabit.

Peu de temps après, le bruit de la prise du crocodile se répandit de proche en proche : on assurait qu'on l'avait mis dans un vivier arrangé tout exprès pour lui, dans la propriété de Mme Stolbikova, et qu'on le nourrissait d'agneaux vivants, dont il avalait chaque jour deux ou trois douzaines, aussi lestement que des pilules. Les curieux accoururent en foule chez Anfissa Ivanovna, et entre autres M. Znamenski ; mais ce n'était qu'une fausse rumeur : le crocodile ne s'était pas encore laissé prendre ! Les paysans déclarèrent alors que ce crocodile était sans doute un loup-garou : leur opinion ne tarda pas à être généralement partagée, et devint bientôt celle de la majorité. Quelques vieilles femmes soupçonnées de s'occuper de sorcellerie furent surveillées, et deux d'entre elles surprises la nuit dans un champ de lin. Comme elles ne purent expliquer leur présence en cet endroit d'une façon satisfaisante, elles furent condamnées par l'assemblée communale à être « enterrées vives ». Mais ensuite, la sentence ayant été adoucie d'un commun accord, l'assemblée décida qu'elles seraient tout simplement fustigées, et l'on procéda sans délai à la fustigation.

Après avoir déploré la sauvagerie de « ses frères cadets »[6], M. Znamenski eut de nouveau recours à la vente d'une partie de son modeste avoir, à l'effet de se procurer un livre dont il avait absolument besoin pour se livrer à une étude approfondie du genre de vie et des habitudes des crocodiles. Connaître les moyens de leur faire la chasse lui était également nécessaire. Sachant que l'Égypte surtout est infestée de crocodiles, il demanda à un libraire de lui envoyer le voyage de Raffalovitch dans la Haute-Égypte et dans l'intérieur du Delta. Le guignon voulut que cet ouvrage ne parlât pas du crocodile, et M. Znamenski regretta amèrement d'avoir dépensé son argent en pure perte. Ne se fiant plus désormais à lui-même, il consulta le catalogue de Wolff, et se fit expédier, pour la valeur de 15 roubles, des livres qui, à en juger par les titres, devaient le conduire tout droit à la solution du grand problème. Il attendit ces livres pour décider ce qu'il y avait de mieux à faire.

6   Dénomination souvent appliquée aux paysans depuis leur émancipation.

III

Si la nouvelle de l'apparition du crocodile révolutionna jusqu'aux sociétés savantes, combien, à plus forte raison, ne dut-elle pas frapper l'imagination d'Anfissa Ivanovna Stolbikova, sur les terres de laquelle le crocodile avait élu domicile, et avait fait tant parler de lui ! La bonne dame, il est vrai, ne possédait que des notions assez vagues sur les serpents de mer en général, et sur les catastrophes causées par les crocodiles en particulier, mais elle pressentit instinctivement que l'affaire n'était pas claire ; aussi se rendit-elle au village de Rytchi chez le père Ivan pour le consulter, et savoir de lui comment elle devait agir dans ces graves circonstances, et ce que c'était au juste qu'un crocodile.

Malheureusement le père Grégoire était sorti, et son fils Asklipiodote se trouvait seul à la maison. Anfissa Ivanovna ne portait pas, d'habitude, à ce dernier une affection très vive, mais se rappelant cette fois que cet « étourneau », comme elle l'appelait, avait failli être dévoré par le crocodile, elle le questionna sur cette terrible créature ; pour bien se rendre compte du danger que pouvait présenter un pareil voisinage. Asklipiodote s'empressa de lui offrir du thé, lui avança un fauteuil et, s'asseyant modestement sur une chaise en face d'elle, lui débita une kyrielle d'histoires plus effrayantes les unes que les autres. À l'entendre, ce crocodile ressemblait comme deux gouttes d'eau, au monstre que l'on voit souvent figurer dans les tableaux représentant le Jugement dernier, et dont la gueule flamboyante engloutit des chapelets d'infortunés pécheurs.

Avisant par la fenêtre le malheureux sacristain que le crocodile avait saisi par sa tresse, Anfissa Ivanovna l'appela, mais n'en obtint aucun détail rassurant. Tout au contraire, il lui dit que depuis lors, à la suite de la terrible commotion qu'il avait éprouvée, ses pieds et ses mains tremblaient sans cesse, que tout son corps était comme meurtri, que ses os lui semblaient rompus, et que sa pauvre natte était réduite de moitié. Anfissa Ivanovna, de plus en plus troublée, et sentant sa raison s'égarer, se leva pour retourner chez elle. Chemin faisant, elle se fit pourtant arrêter chez M. Znamenski, et lui expliqua le motif de sa visite. Celui-ci, très flatté de sa politesse, lui fit part de la lettre de la « Société pour dompter les animaux récalcitrants », ainsi que des articles des journaux sur les monstres marins, et lui promit solennellement, dès qu'il aurait reçu les livres qu'il avait demandés à Wolff, de lui en communiquer les passages les plus intéressants, l'apparition du crocodile étant, selon lui, une effroyable calamité pour Gratchevka, qu'il menaçait de transformer en désert dans un avenir peu éloigné.

Anfissa Ivanovna l'écouta jusqu'au bout en silence, mais comme son malaise et son angoisse allaient toujours croissant, elle le quitta vivement pour se rendre chez Nirioute, le feldscher du district.

Nirioute, après l'avoir examinée, la rassura : sa santé, lui dit-il, n'offrait aucun symptôme inquiétant ; ce qu'elle éprouvait n'était qu'une légère contraction spasmodique de l'aorte, qui passerait avec quelques gouttes d'amygdaline qu'il allait lui prescrire. Il apprit avec surprise, dans le courant de la conversation, que Meletina Petrovna continuait à se baigner au fatal endroit ; il ajouta même, avec une certaine logique, que du moment que le crocodile avait témoigné l'intention d'avaler Asklipiodote, un homme grand et robuste, il lui serait indubitablement plus agréable et plus facile de ne faire qu'une bouchée d'une dame, attendu que le morceau, c'est-à-dire la chair de Meletina Petrovna, devait être bien plus délicate et bien plus tendre que celle du jeune homme.

Anfissa Ivanovna accepta avec reconnaissance les gouttes d'amygdaline ; mais quand elle apprit que le crocodile dévorait les hommes tout vivants, sa terreur ne connut plus de bornes. Elle se fit ramener chez le père Ivan, qui venait de rentrer ; mais les paroles du bon prêtre n'eurent pas le pouvoir de calmer ses nerfs affolés.

« La présence d'un crocodile à Gratchevka est, dit-elle, le signe évident de la colère céleste, colère trop miséricordieuse encore, lorsqu'on songe aux péchés de l'humanité… On ne voit autour de soi que dépravation, ivrognerie, vices, incendies ; les femmes quittent leurs maris, les maris abandonnent leurs femmes, les enfants battent leurs parents… etc., etc. !

— Ce n'est que trop vrai, répondit le père Ivan. Pourtant je dois avouer que l'histoire du crocodile me paraît exagérée et je suis persuadé qu'il s'agit tout simplement d'un silure. Il y en a beaucoup dans notre rivière : moi-même j'en ai attrapé qui pesaient 4 poudes et davantage, et plus d'une fois je les ai vus saisir et avaler des canards, et même des oies !

— Mais puisque votre fils assure, poursuivit Anfissa Ivanovna, qu'il l'a vu, et qu'il ne lui a échappé que par miracle !

— La peur grossit les objets, reprit le père Ivan. Mon fils est peut-être bien un peu… craintif, et alors il n'est pas impossible que dans son trouble il se soit trompé…

— Et le sacristain ? Un silure aurait-il pu le tirer par sa natte de cheveux ? »

Le père Ivan, ne trouvant rien à répondre à cette judicieuse réflexion, se tut bon gré mal gré.

En revenant de Rytchi, Anfissa Ivanovna rencontra sur la route, chassant devant lui à coups de gaule une misérable vache qui boitait des quatre jambes, Ivan Maximytch. Un nez d'un rouge flamboyant et des yeux à moitié fermés donnaient une singulière physionomie à ce bonhomme de cinquante ans. Jadis, du temps du fermage de l'eau-de-vie, il en avait tenu un débit ; mais aujourd'hui un peu tailleur, un peu boucher, il raccommodait les habits des propriétaires des environs, et leur fournissait de la viande.

Jadis il avait porté de longues redingotes qui lui descendaient sur les talons ; aujourd'hui, se conformant à la civilisation qui avait pénétré jusqu'à Rytchi, et aussi par motif d'économie, il se contentait d'un modeste veston, et fourrait son pantalon dans les tiges de ses grandes bottes. Ivan Maximytch ne buvait jamais une goutte d'eau-de-vie, chose surprenante chez un homme civilisé. Pourquoi donc, dès lors, avait-il le nez d'un si beau rouge ? C'était là un mystère que personne n'aurait pu approfondir. Grands et petits, vieux et jeunes, tous le connaissaient lui et les locutions, le plus souvent dépourvues de sens, dont il aimait à émailler ses discours. Ne disait-il pas, par exemple, à tout propos : « Vingt avec le loup, un sans queue », ou bien : « Quinze avec les pies, une à courte queue ! » Aussi dès qu'on l'apercevait de loin, avec sa casquette rejetée sur la nuque, chacun de s'écrier : « Tiens voilà vingt avec le loup qui arrive. » C'était la gazette ambulante de l'endroit : allant de village en village pour y découvrir des vaches maigres, qui n'avaient plus que quelques jours à vivre, il les achetait avec l'intention charitable de mettre fin au plus tôt à leur agonie. Il voyait et savait tout, et contait parfois d'une façon si originale, que l'on s'arrêtait volontiers pour écouter son bavardage, malgré le peu de variété de ses nouvelles.

À la vue d'Ivan Maximytch, Anfissa Ivanovna ordonna à son cocher d'arrêter :

« As-tu entendu ?… lui demanda-t-elle en l'appelant.

— Entendu quoi ? répondit-il, en ôtant sa casquette, et en s'approchant du tarantass.

— Mais, le crocodile !

— Ah ! l'affaire des crocodiles ! » dit-il en éclatant d'un rire bruyant, tandis que ses yeux se fermaient de plus en plus, et que sa bouche se fendait jusqu'aux oreilles, en laissant à découvert toutes ses dents. « Oh ! là, là ! Quelle montagne de péchés ! On dit qu'il est énorme, et qu'il a le ventre jaune !.... Vingt avec le loup !

— Comment vingt ? Il y en a vingt ? s'écria, éperdue, Anfissa Ivanovna.

— Quinze avec les pies, un sans queue !

— Un sans queue ! Tu l'as donc vu ?

— Oh ! là, là ! Quelle montagne de péchés ! » poursuivit Ivan Maximytch, sans faire attention à la terreur de son interlocutrice. « C'est un luron pour sûr ! Et s'il s'amuse à tout avaler, ainsi ; certainement, il nous avalera aussi, nous autres ! »

Anfissa Ivanovna fit un geste de désespoir, continua son chemin, et arriva chez elle plus morte que vive. Une triple dose de gouttes d'amygdaline ne lui fit aucun bien, elle sentait que le cœur lui manquait ! La pensée lui vint d'aller chercher des consolations auprès de sa nièce ; mais celle-ci, en la voyant entrer, la figure bouleversée, le châle tombant de ses épaules et traînant derrière elle, fut prise d'un fou rire, et ne trouva rien à lui dire pour la calmer. La bonne dame, exaspérée de son indifférence, alla se mettre au lit, en ordonnant à Domna, sa femme de chambre, de coucher à côté d'elle, et à son laquais Potapytch de s'étendre en travers de la porte, ce qu'il n'avait jamais fait jusqu'à ce jour. Malgré toutes ces précautions, elle resta longtemps à s'endormir, et à peine eut-elle fermé les yeux, ne voilà-t-il pas que la tête du terrible crocodile surgit tout à coup de dessous sa couche !.... Il roula sa queue autour de la pauvre Domna, qui dormait par terre comme un plomb, se redressa, se pencha vers Anfissa Ivanovna, ouvrit sa gueule flamboyante, et… l'avala !

IV

La terre d'Anfissa Ivanovna, quoique d'une médiocre étendue, réunissait pourtant tout ce que l'on pouvait désirer, des prairies excellentes, une forêt, une rivière poissonneuse, de la terre glaise de première qualité, dont on fabriquait une poterie renommée dans toute la contrée. En un mot, la qualité du sol était telle, qu'on n'avait jamais à redouter une mauvaise récolte. La maison, sans être spacieuse, respirait le confort : enfouie dans la fraîche et vigoureuse végétation d'un jardin assez vaste, où l'on n'apercevait pas un arbre étiolé, elle attirait forcément le regard du passant, qu'il fût à pied ou en voiture. On ne pouvait s'empêcher d'admirer ce joli coin où tout semblait prospérer et croître à souhait, et où les pommes, les poires et les cerises mûrissaient à foison, en excitant la jalousie des voisins :

« A-t-on jamais rien vu de pareil ? s'écriaient-ils avec colère… A-t-on idée, Dieu nous pardonne, d'une telle masse de fruits ? Si nous avions au moins une pomme, une seule ?

— … Qu'en a-t-elle besoin, cette vieille momie ?

— … Et son froment ? Quel froment ! À quoi, diable, tout cela peut-il lui servir ? »

Anfissa Ivanovna, sans se douter le moins du monde de l'envie que causait la vue de ses pommes, vivait tranquillement dans sa maisonnette, au milieu de vieux serviteurs des deux sexes qui avaient le même âge qu'elle. Petite, voûtée, sèche comme un parchemin, avec ses soixante-dix ans bien sonnés et son nez en bec-de-corbin qui s'inclinait vers le menton, comme s'il voulait le flairer, elle aimait à bien manger, quoiqu'il ne lui restât plus que deux ou trois dents au plus. Quelquefois, il est vrai, elle se bornait à mâchonner tantôt une poire, tantôt une pomme. Comme elle ne pouvait, faute de dents, qu'en exprimer le suc, elle en rejetait la chair n'importe où, sous la table, sous le canapé, ou derrière une armoire : aussi les domestiques faisaient-ils constamment des découvertes de ce genre, dans tous les coins de l'appartement.

Il n'en faudrait pas cependant conclure qu'Anfissa Ivanovna fût peu soigneuse de sa personne : elle trouvait au contraire une sorte de plaisir à se parer à l'occasion de ses vieux chiffons et de ses châles turcs. La mémoire lui faisait complètement défaut ; elle oubliait ce qu'elle avait fait la veille, mais en revanche elle se souvenait de trente ans en arrière. Devenue veuve, elle n'avait jamais songé à convoler en secondes noces. Les mauvaises langues assuraient que ç'aurait été tout à fait inutile, car il y avait alors dans le voisinage un certain capitaine... qui du reste était mort depuis longtemps. Personne, en la voyant aujourd'hui si vieille et si ratatinée, ne voulait admettre qu'elle eût jamais été jeune, jolie et sémillante. N'ayant pas eu d'enfant, ni pendant, ni après son mariage, elle vivait seule : sa nièce Meletina Petrovna venait seulement de faire son apparition chez elle, un mois tout au plus avant le commencement de ce récit.

Les serviteurs d'Anfissa Ivanovna se faisaient remarquer par le soin extrême que chacun d'eux mettait à remplir ses fonctions. Daria Fedorovna, par exemple, n'avait qu'une préoccupation : ses confitures et ses salaisons. Potapytch, buffetier et laquais tout à la fois, passait son temps à essuyer la poussière des meubles, et à frotter la vaisselle dont chaque pièce avait son petit nom particulier. Ainsi un certain verre était baptisé du nom de Vanioutka, un autre Nikolka, et le gobelet dans lequel sa maîtresse avait coutume de boire s'appelait Anfiska. Domna, la femme de chambre, dépérissait d'ennui lorsqu'elle n'avait aucun ravaudage à faire ; l'intendant Zakhar Zotytch ne rêvait qu'à la tenue de ses livres, en gros et en détail ! Ces vieux et ces vieilles vivotaient ainsi ensemble depuis leur jeunesse, et habitués, comme ils l'étaient, les uns aux autres, ils n'auraient pu se faire à vivre séparément. Chacun d'eux était censé recevoir des gages, mais aucun ne les avait jamais réclamés : quel besoin pouvaient-ils avoir de leur argent ? Aussi la somme accumulée de la sorte représentait un chiffre si considérable, que la fortune entière de leur maîtresse n'aurait pas suffi à la payer, s'ils avaient réclamé ce qui leur était dû. Heureusement ils n'y songeaient guère, et Anfissa Ivanovna encore moins ! N'avaient-ils pas tout ce qui leur était nécessaire, et au-delà ? Les provisions de toute espèce, soigneusement gardées dans les caves et dans les celliers, ne leur appartenaient-elles pas, aussi bien qu'à leur maîtresse ? Pourquoi donc alors auraient-ils réclamé leurs gages ?

V

La vie à Gratchevka s'écoulait ainsi, paisible et douce. Anfissa Ivanovna se levait de bon matin, faisait sa toilette, disait ses prières, – elle priait longtemps et toujours à genoux –, prenait son thé avec la ménagère, Daria Fedorovna, et, pendant le déjeuner, Zotytch, l'intendant, venait lui faire son rapport, ce qui causait toujours à la bonne dame une certaine émotion, la visite de l'intendant étant le plus souvent accompagnée de nouvelles désagréables : « Eh bien, qu'y a-t-il ? lui demandait-elle.

— Eh bien, c'est toujours la même chose, toujours ce diable… Il a de nouveau envoyé dire…

— Quel diable ?

— Mais, le mirovoï[7] !

— De nouveau ?

— De nouveau ! Il exige que vous vous présentiez à son tribunal en personne, et puis… il y a une assignation… la voici ! » Et Zotytch la lui présentait.

— Que dois-je donc faire ?

— Vous devez, je vous l'ai déjà dit, porter plainte contre lui près du maréchal de la noblesse ! Il faut le mettre au pas une bonne fois pour toutes, autrement ce diable d'homme nous fera mourir à la peine !

— Mais, pourquoi a-t-il besoin de moi ?

— Mais, pour l'affaire Trichkine !

— Quelle affaire Trichkine ?

— Mais, pour avoir agi de votre propre autorité. Trichkine, comme vous savez, vous devait 40 roubles pour une vache, et ne

---

7 Juge de paix.

payait pas. Au bout de deux ans, je lui ai pris sa récolte de pois, et je l'ai vendue ! J'ai gardé les 40 roubles qui vous revenaient, et lui ai rendu le reste.

— Eh bien, nous sommes quittes !

— Oui, vous le serez quand vous aurez passé quelques jours en prison…

— Comment !…. Puisque Trichkine me devait…

— Sans doute il vous devait.

— Et il n'a pas payé pendant deux ans…

— Oui, pendant deux ans.

— Et tu ne lui as pris que les 40 roubles ?…

— Rien que les 40 roubles.

— Mais alors, pourquoi la prison ?

— Parce que vous n'avez pas le droit, disent-ils, d'ordonner à votre intendant…

— Il me semble que je ne t'ai jamais ordonné…

— Ah ! pas de ça, barinia, vous m'avez bel et bien ordonné…

— Je ne m'en souviens pas, répondait la vieille dame, tout en sachant parfaitement le contraire.

— Mais j'ai des témoins… Si c'est ainsi, je les ferai venir. Croyez-vous que j'aie envie d'aller en prison, parce que vous avez fait une sottise ?… Ma foi, non, bien obligé !

— Mais, encore une fois, pourquoi en prison ?

— Mais, parce que vous n'aviez pas le droit de m'ordonner de vendre des pois qui appartenaient à un autre : c'est de l'arbitraire…

— Mais c'est toi qui les as vendus ?

— Mais c'est vous qui l'avez voulu…

— Alors donc, c'est moi qu'on mettra en prison ?

— Cela se pourrait bien ! Et alors il en résultera un procès !…. »

Et à ce mot, qui la terrifiait plus encore que la prison, elle se renversait dans son fauteuil, pâle comme un linge, et perdant tout appétit, elle se mettait au lit pour le reste de la journée.

Les scènes de ce genre, du reste assez rares, ne troublaient en rien le train-train ordinaire de son existence.

Après avoir pris son thé, elle allait au jardin bavarder avec le vieux jardinier. Braguine, ex-dragon, à l'exemple des autres serviteurs, aimait passionnément son métier, et passait toute sa journée à bêcher, à sarcler, à tailler, etc. Leur conversation roulait invariablement sur les différentes batailles auxquelles il avait pris part. Appuyé sur sa bêche, il lui racontait pour la centième fois la même histoire, et ses yeux s'animaient à ces récits qu'Anfissa Ivanovna écoutait avec recueillement, en hochant la tête, en fronçant les sourcils, en pâlissant, et en se signant dévotement, lorsque le narrateur décrivait le moment où le combat s'échauffait. Une fois le sujet épuisé, elle rentrait chez elle, s'asseyait dans la chambre du coin, près d'une certaine fenêtre, et appelait Domna, avec laquelle elle engageait une nouvelle conversation, dont le passé faisait habituellement les frais. Le capitaine revenait parfois sur le tapis, mais les pénibles souvenirs que cette époque évoquait – on assurait qu'il battait sa bien-aimée –, lui faisaient brusquement interrompre sa causerie :

« Voyons, n'en parlons plus, disait-elle. Que le Seigneur le reçoive dans le royaume des Cieux, et lui pardonne tout le mal qu'il m'a fait ! »

L'occupation favorite et principale d'Anfissa Ivanovna consistait à tricoter avec bonheur des chaussettes de toutes sortes, et comme elle n'avait pas de parents à qui les offrir, elle en faisait cadeau au maréchal de la noblesse, à l'ispravnik[8], au stanovoï[9], en observant toutefois scrupuleusement la différence des rangs : ainsi, par

---

8 Chef du district.
9 Commissaire de police du district.

exemple, le maréchal de la noblesse recevait les chaussettes les plus fines, l'ispravnik celles de moyenne qualité, et le stanovoï les plus grosses. Un certain jour elle tricota même une paire de bas de soie pour l'archevêque, lequel, en retour de ce généreux présent, sacra diacre le sacristain de Rytchi.

Après avoir fait, au moins deux fois dans la matinée, le tour des chambres, et enlevé jusqu'au dernier grain de poussière, Potapytch mettait à midi le couvert pour le dîner. La table à manger était ronde, et Potapytch ne manquait jamais de lever les yeux sur le crochet du lustre fixé au plafond, afin de le faire coïncider exactement avec le centre de la table. À midi il apportait la soupière, allait chercher sa maîtresse, et lui disait invariablement : « Veuillez venir dîner. » Certaines habitudes enracinées chez le bonhomme, telles que son mépris pour les cravates, son affection pour les pantoufles de drap, sa familiarité dans la conversation qu'il ne manquait jamais d'engager avec Anfissa Ivanovna, contrastaient singulièrement avec la pompe de ces préparatifs.

« Laissez donc cela… Qu'est-ce qui vous prend de l'essuyer, lui disait-il d'un ton offensé en la voyant passer sa serviette sur son assiette. Croyez-vous donc que je vous en donnerais une sale ?… Je l'ai frottée vingt fois pour le moins.

— C'est mon habitude, répondait sa maîtresse, comme pour se justifier.

— Eh bien, il serait temps de s'en défaire. Vous n'êtes pas, j'imagine, une Anglaise, pour vous amuser à nettoyer les assiettes qui sont propres ? »

Si le malheur voulait qu'Anfissa Ivanovna cassât un verre ou une carafe, Potapytch sortait positivement des gonds :

« Que faites-vous donc de vos mains ? Où sont-elles ? Êtes-vous une fillette, pour briser ainsi la vaisselle ? »

Et, ramassant et examinant les morceaux, il ajoutait d'un air piteux :

« Ah ! pauvre, pauvre petite Sonia, que d'années ne t'ai-je pas choyée et aimée, en te plaçant toujours, dans le fond de l'armoire, à côté d'Anfiska (le gobelet), et maintenant adieu !.... Je ne te verrai plus ! -

— Voyons, Potapytch, fais-moi donc le plaisir de cesser tes lamentations, lui disait Anfissa Ivanovna en l'interrompant. Il n'y a pas de quoi pleurer... chacun son tour... nous en viendrons là, nous aussi, tôt ou tard !.... »

Et cette réflexion philosophique était suivie d'un profond soupir.

Après le dîner, elle se rendait dans sa chambre, un vrai modèle de confortable et, s'enfonçant dans son bas et large fauteuil, elle s'abandonnait aux douceurs de la sieste. À son réveil elle commandait sa voiture, et allait faire un tour ou une visite, à Rytchi, au père Ivan. Ces courses ne lui réussissaient pas toujours. Domna, qui portait d'habitude l'ordre de sa maîtresse au cocher, en revenait parfois avec la nouvelle que ce dernier ne voulait pas mettre les chevaux au tarantass.

« Et pourquoi ?

— Il n'a pas le temps, à ce qu'il dit !

— Mais que fait-il donc ?

— Il râpe son mélange de tabac et de cendre. Il dit qu'il n'a rien à priser, et qu'il ne peut pas s'en passer.

— Ah ça ! est-ce qu'il devient fou ? reprenait Anfissa, irritée. Va lui dire d'atteler à l'instant même !... Je me moque pas mal de son tabac ! Dis-lui que madame se fâche, et qu'elle demande ses chevaux !.... Eh bien ?

— Non, répondait Domna, après s'être acquittée de la commission... Il ne veut pas !

— Que dit-il à la fin ?

— Il m'a répondu : 'Je ne me mettrai pas en route sans mon

tabac, même si elle me donnait mon compte !' »

— Eh bien, c'est bon : je le lui donnerai, et tout de suite encore, s'écriait Anfissa Ivanovna… Domna, ma chère petite âme, va, je t'en prie, chez Zotycht, et dis-lui qu'il m'apporte le livre de dépenses. »

Domna allait chez Zotytch. Anfissa Ivanovna se mettait à marcher avec agitation, de long en large, tout en regardant du côté de la remise, dans l'espoir que le cocher, redevenu raisonnable, s'empresserait d'exécuter ses ordres, mais c'était en vain ! Les portes de la remise restaient obstinément fermées. Zotytch arrivait sur ces entrefaites avec le livre demandé, et s'appuyait en silence contre le montant de la porte : « Me voici, avait-il l'air de dire, mais pourquoi diable a-t-elle besoin du livre ? »

« Zakhar Zotytch, commençait gravement Anfissa Ivanovna, le cocher s'insurge ; aussi suis-je décidée à lui donner immédiatement son compte. Il faut qu'il s'en aille aujourd'hui même… tu entends ?

— J'entends.

— Eh bien, fais son compte.

— Donnez-moi de l'argent.

— Est-ce qu'il n'y en a pas dans la caisse ?

— Pourquoi y en aurait-il ?

— Fais le calcul de ce qu'il a à recevoir. »

Zotytch ouvrait son livre, et indiquait du doigt la page où était inscrit le nom du cocher Abakoum Trofimytch : « Prenez garde », avait-il l'air de dire.

« Quels sont ses gages ? »

Zotytch continuait en silence à indiquer du doigt la ligne suivante.

« Depuis combien d'années me sert-il ? »

Le doigt indicateur de Zotytch continuait à se porter plus bas, au chiffre 38.

« Quelle est enfin la somme qui lui revient ? » demandait, d'un ton plus doux, Anfissa Ivanovna.

Le doigt de Zotytch s'était arrêté au total.

« Veux-tu bien cesser de promener ainsi ton doigt ?… As-tu perdu la parole, que tu ne me réponds pas ?… Combien cela fait-il ?

— En déduisant ce qu'il a reçu à différentes reprises, il lui revient 236 roubles 40 kopecks, répondit Zotytch, en regardant sa maîtresse, comme s'il était fier de la rapidité de son calcul.

— Ainsi, il n'y a pas d'argent dans la caisse ?

— Il n'y en a pas.

— Eh bien, alors, c'est bon, va-t'en ! Lorsque j'en aurai trouvé, je te ferai appeler. »

« C'est bon ! » se dit Zotytch de son côté, et en s'en allant il vit le cocher Abakoum ; assis devant l'entrée de la maison, le cocher râpait son tabac avec un morceau de bois serré entre ses jambes, sans se préoccuper de l'intendant, qu'il savait être porteur du fameux livre.

Rendons-lui cependant justice. Le plus souvent il attelait sans murmurer, et conduisait sa maîtresse à l'endroit désigné. Abakoum aimait à être à son aise, même sur le siège du tarantass. Les coudes négligemment appuyés sur ses genoux, il laissait les chevaux aller à leur guise : aussi lui arrivait-il fréquemment de raser de si près les clôtures, que les roues de la voiture s'accrochaient aux pieux et les arrachaient.

« Tu ne regardes jamais où tu vas, lui criait alors Anfissa Ivanovna.

— Puis-je donc voir par-derrière, et croyez-vous que j'aie des yeux logés dans la nuque ? » lui répondait imperturbablement le cocher, qui avait aussi l'habitude de bourrer son nez de tabac, comme si c'était une pipe, et d'envoyer le tabac tout droit dans les yeux de sa maîtresse.

« Fais donc attention quand tu prises : j'ai les yeux pleins de ton maudit tabac.

— Bah ! ce n'est rien, répondait l'automédon sans s'émouvoir. Vous savez bien que ça éclaircit la vue ! »

Dès que le souper était desservi, Anfissa Ivanovna se retirait immédiatement dans sa chambre à coucher ; ses prières dites, elle faisait force signes de croix au-dessus du lit, de la porte, des fenêtres, se glissait enfin dans ses draps, se pelotonnait sur elle-même et s'endormait aussitôt, et en même temps qu'elle tous ses vieux serviteurs ! Alors, au milieu du profond silence qui s'établissait en souverain autour d'eux, au milieu de la nuit tranquille et sombre qui enveloppait les alentours de son voile épais, on entendait le pas lourd et régulier de Karp, le vieux gardien, voué aux insomnies, qui sortait de son réduit pour arpenter en tous sens la cour et le jardin, et frapper la planche de son maillet jusqu'aux premières lueurs du jour !

VI

C'était dans ce milieu plein de calme et de bien-être que vivait, depuis bien des années, Anfissa Ivanovna, lorsqu'un beau jour, ou plutôt un beau soir, vers les six heures, un mois avant le commencement de cette histoire, elle vit s'arrêter à sa porte une télègue attelée de deux chevaux et en descendre avec vivacité une jeune femme rose et fraîche, tenant à la main un petit sac de voyage et enveloppée d'un manteau passablement roussi par l'usage. Montant lestement les marches du perron, la voyageuse demanda en souriant à Potapytch si la barinia était chez elle, et sur sa réponse affirmative, entra sans cérémonie dans le premier salon, où elle se trouva en présence d'une bonne petite vieille qui examinait avec curiosité par la fenêtre la télègue et son attelage. Devinant en elle la maîtresse de la maison, elle courut l'embrasser, en se recommandant à ses bontés, vu qu'elle était sa nièce, Meletina Petrovna Skriabina, fille de feu son frère Piotr Ivanovitch. Sa chère tante n'avait eu occasion de la voir qu'une fois dans sa vie, lorsqu'elle était encore en nourrice.

Elle lui raconta en peu de mots comment elle s'était mariée depuis deux mois avec le capitaine Skriabine, comment celui-ci, qui avait servi sous les ordres du général Tchernaiev et assisté à la prise de Taschkent, venait de partir pour la Serbie en qualité de volontaire, et comme quoi il lui avait donné le conseil d'aller passer le temps de son absence chez sa tante, la bonne Anfissa Ivanovna. Elle avait approuvé le conseil, elle s'était empressée de le suivre. Le hasard lui avait fait faire en route la connaissance d'un jeune homme, nommé Asklipiodote Psychologov, qui l'avait obligeamment conduite de la gare au village. Elle redevait deux roubles au

cocher, elle priait sa tante de vouloir bien les lui donner, car par malheur elle avait, disait-elle, perdu son porte-monnaie en descendant de wagon. Anfissa Ivanovna paya les deux roubles et fit aussitôt apporter du thé. Meletina Petrovna s'élança sur le balcon, s'extasia sur les corbeilles de roses, en cueillit une, la piqua dans ses cheveux, aspira avec délices l'air embaumé du jardin, et déclara que la vie en été n'était possible qu'à la campagne, loin de l'affreux climat de Pétersbourg. Pendant qu'elle prenait son thé, qu'on lui avait servi sur la terrasse, elle raconta que tout le long du chemin, depuis Moscou jusqu'à la dernière station, elle n'avait fait que causer de sa bonne tante avec le jeune Psychologov. Aussi connaissait-elle à présent ses habitudes et son caractère, comme si elle avait toujours vécu à ses côtés, et elle lui assura à plusieurs reprises qu'elle mettrait tout en œuvre pour obtenir ses bonnes grâces. Tout en bavardant, Meletina Petrovna beurrait de fines tranches de pain, les dévorait avec appétit, ajoutait du sucre dans sa tasse, demandait à Domna de lui en verser une seconde, en ajoutant :
« Bien fort, s'il vous plaît ! »
Elle se comportait, en un mot, comme si elle faisait partie de la famille. En apprenant qu'il y avait tout près, dans la rivière, un charmant endroit pour se baigner, elle roula aussitôt dans un essuie-main un morceau de savon, une éponge, et se le fit indiquer. Au souper, elle ne tarit pas en éloges sur chaque plat, et quand vint le tour du varenets[10], son enthousiasme ne connut plus de bornes.
« Pour en manger de pareil à Pétersbourg, s'écria-t-elle, il faudrait le payer au moins trois roubles ! »
Lorsqu'elle se fut retirée chez elle, Anfissa Ivanovna appela dans sa chambre à coucher ses deux confidentes, Daria Fedorovna et

10 Espèce de laitage.

Domna, et toutes les trois ensemble essayèrent de se remémorer les incidents de la visite de Piotr lvanovitch.

« C'est singulier, dit Anfissa Ivanovna, je ne puis pas me rappeler bien nettement si mon frère était marié, ou s'il était déjà veuf ?

— Veuf, il me semble, murmura Daria Fedorovna.

— Ou plutôt marié, s'écria Domna, car je me souviens fort bien d'une dame belle, grande, avec des joues roses.

— Ce n'était pas sa femme, c'était la nourrice !

— Mais non, c'était sa femme ! Je me rappelle, comme si c'était hier, qu'on leur avait arrangé la chambre du coin, et qu'ils y couchaient tous les deux... Je me souviens même qu'il n'y avait qu'un lit avec des rideaux de mousseline, à cause des cousins.

— Tu embrouilles tout, Domna, dit en l'interrompant Anfissa Ivanovna. Ce lit avec de la mousseline, nous l'avons apprêté pour l'archevêque, quand il a passé la nuit chez nous.

— Mais alors, la dame, où a-t-elle dormi ?

— Il n'y a jamais eu de dame avec l'archevêque !

— Mais alors, avec qui donc la dame est-elle venue ? »

Et les vieilles se taisaient, et recommençaient à fouiller dans leurs souvenirs. Elles eurent beau chercher, il leur fut impossible de tirer la chose au clair : la confusion, au contraire, augmenta si bien, qu'elles revoyaient Piotr lvanovitch, tantôt célibataire, tantôt marié, amenant sa femme sans enfant, tantôt veuf, arrivant avec une nourrice et un bébé, tantôt boiteux, tantôt mince et élancé, en uniforme de hussard avec des moustaches retroussées ! Enfin, lasses de leurs efforts, elles finirent par conclure que Meletina Petrovna avait inventé toute cette histoire et qu'elle n'était jamais venue à Gratchevka à l'âge d'un an.

Potapytch les tira tout à coup d'incertitude :

« Mais pas du tout, pas du tout, s'écria-t-il, il est venu, pour sûr, avec une nourrice et un enfant ! Ne vous rappelez-vous donc pas qu'un jour, à dîner, la gamine, en tirant à elle la nappe, a brisé les verres et les assiettes ?

— C'est vrai, c'est vrai », répondirent en chœur les trois vieilles, et elles se souvinrent aussitôt de l'arrivée de Piotr Ivanovitch, dans les moindres détails.

Vingt ans s'étaient écoulés depuis qu'il avait passé trois semaines à Gratchevka après son veuvage, et la nourrice, effectivement très jolie, grande, fraîche, avec de beaux sourcils noirs, occupait alors avec l'enfant la chambre du coin, tandis que lui avait dormi dans le salon sur un canapé. La question du sexe du bébé resta toutefois problématique, et aucun ne se le rappelait exactement. Comme il était déjà minuit passé et qu'ils tombaient, tous les quatre, de sommeil, il fut décidé à l'unanimité que l'enfant devait être une petite fille, car son père n'aurait certainement jamais eu la singulière idée de donner à un garçon le nom de Meletina, qui est bel et bien un nom de femme, fit observer judicieusement Anfissa Ivanovna.

Le lendemain matin, la bonne dame se leva plus tôt que de coutume : en l'honneur de l'arrivée de sa nièce, elle fit même quelques changements à sa toilette habituelle, et encadra sa tête dans une sorte de bonnet qu'elle décorait du nom pompeux de « coiffure ».

Meletina, plus matinale encore que sa tante, commença par aller prendre un bain, fit ensuite le tour du jardin, causa avec le vieux Braguine, et poussa ses explorations jusqu'à la fabrique de poteries. Enchantée de Gratchevka et de ses environs, elle critiqua néanmoins le système de fabrication des pots, qui datait, disait-elle, du déluge, tandis que maintenant, par des procédés faciles et simples, on en faisait d'infiniment meilleurs, et en beaucoup moins de temps. En buvant son thé à petites gorgées, elle questionna sa tante sur la situation des paysans de la localité, lui demanda combien il leur avait été « alloté » de terre, s'informa auprès d'elle s'il existait des fabriques dans le pays, et exprima à cette occasion sa sympathie pour l'industrie et pour la population ouvrière, dont le développement est si rapide, quand on le compare à l'agriculture, qui ne fait que disposer l'homme à l'idylle et à la rêverie :

« Les machines, disait-elle, ne se bornent pas à tisser le lin, la laine, le coton, la soie, elles agissent en même temps d'une façon insensible sur le cerveau de l'artisan. »

Elle s'en était bien convaincue à Schouia, où l'esprit de la population l'avait enchantée. En apprenant qu'il n'y avait pas d'école à Gratchevka, elle en témoigna de vifs regrets, et insista sur la nécessité d'introduire en Russie l'enseignement obligatoire, d'autant plus que, d'après les relevés statistiques les plus récents, on ne comptait qu'un homme sur 84 qui apprît à lire et à écrire, et que par ailleurs, le nombre des écoles primaires ne s'élevant qu'à 22 400, nous n'avions aucune raison de nous livrer à un optimisme inopportun : il fallait donc créer de nouvelles écoles et ne pas négliger l'éducation de la femme, à laquelle on songeait actuellement si peu !

Après le déjeuner, Meletina Petrovna s'occupa de l'arrangement de sa chambre. Sa tante, qui y assistait, ne fut pas médiocrement surprise de la voir placer son lit en travers de la chambre, et de l'entendre dire qu'il fallait toujours se coucher la tête du côté du nord, parce que, selon les médecins allemands, cette position préserve le dormeur d'un bon nombre de maladies ; sa nièce lui expliqua longuement que cette théorie avait pour base l'influence du magnétisme terrestre sur l'organisme humain.

Anfissa Ivanovna l'écouta avec la plus grande attention, mais sa pauvre cervelle ne put parvenir à loger tout ce qu'elle lui raconta à ce sujet :

« Pourquoi donc son lit ne peut-il pas être placé contre le mur ? »
se répétait-elle avec une véritable stupéfaction. Comme toute
femme curieuse d'examiner les hardes de son prochain, elle jeta
un coup d'œil sur les vêtements de sa nièce, et reconnut sans
peine que la robe était tout simplement celle de la veille ; les mille
petits nœuds de la garniture ne parvenaient pas à faire oublier que
la coupe en était démodée, et que l'étoffe valait dix kopecks ; les
bottines, d'un noir tirant sur le roux, étaient déchirées en
plusieurs endroits, et les talons en étaient fortement usés. Le tout
ensemble lui fit supposer que feu le capitaine et le mari de sa nièce
étaient gens de même farine[11], et que ce dernier avait la tête à
l'envers par-dessus le marché, puisqu'il était allé « guerroyer » en
Serbie.

Le lit une fois mis en place, Meletina Petrovna défit sa malle, en
retira plusieurs livres, qu'elle posa sur la table, en proposant à sa
tante de lui en lire quelques-uns qui étaient particulièrement
intéressants, tels que les *Mystères de la cour de Madrid, Don Carlos*.
Mais Anfissa Ivanovna ne l'écoutait plus que d'une oreille : elle
venait de découvrir qu'à l'exception d'un autre petit paquet de
livres attachés ensemble au fond de ladite caisse, la caisse ne
contenait plus rien ! Elle lui demanda pourquoi elle ne joignait
pas ce paquet au premier. Meletina Petrovna lui répondit que
c'étaient des livres d'études publiés par le Comité de la
propagation de l'instruction, et s'empressa aussitôt de refermer sa
malle, d'en glisser la clef dans sa poche, et de s'informer s'il y avait
loin jusqu'au bureau de poste. En apprenant qu'il y en avait un à
Rytchi et que le courrier partait tous les soirs, elle témoigna une
grande joie : elle pourrait donc expédier aujourd'hui même une
lettre à Pétersbourg.

« Pourquoi écrivez-vous à Pétersbourg ? lui demanda sa tante avec

11 Littéralement : « deux baies dans un même champ ».

étonnement, puisque votre mari fait la guerre en Serbie.

— Ce n'est pas à lui, mais à une de mes bonnes connaissances que je vais écrire », répliqua-t-elle avec calme, et comme elle avait besoin de papier, de plumes et d'encre, elle pria sa tante de les lui donner, et d'y ajouter trois roubles pour acheter des timbres-poste.

Ayant reçu tout ce qu'il lui fallait, elle l'embrassa sur les deux joues, en lui faisant mille remerciements, et se retira dans sa chambre.

Quoique ce fût l'heure de sa sieste, et que la moelleuse bergère d'Anfissa Ivanovna la disposât toujours au sommeil, cette fois elle ne songea pas à dormir. Elle appela Domna, et lui fit part de ses observations sur sa nièce, une étrange personne s'il en fût, car elle savait fabriquer de la poterie, et aimait passionnément les machines, parce qu'elles agissaient sur les cervelles humaines, et dormait, non pas contre le mur, comme tout le monde, mais en travers de la chambre ! Domna, de son côté, avait quelque chose à raconter. La veille, comme elle préparait le lit de la nièce et qu'elle voulait prendre dans sa malle une chemise de nuit, la nièce avait refusé de lui en donner la clef ; en somme, elle n'avait ni linge ni vêtements, et tout son avoir se composait d'une seule robe, de deux chemises, de deux essuie-mains et de quatre mouchoirs de poche ! Ces détails confirmèrent encore davantage Anfissa Ivanovna dans l'opinion qu'elle s'était faite de la ressemblance du défunt capitaine avec le mari de Meletina, et elle en conclut qu'il devait certainement avoir mangé la dot de sa femme, soit : 500 paysans, c'est-à-dire toute la fortune de feu Piotr Ivanovitch. Domna ajouta encore que Meletina Petrovna l'avait beaucoup questionnée sur les paysans de ce district : « Étaient-ils riches ? satisfaits ? Savaient-ils tous lire ?… etc. », à quoi Domna avait répondu avec dignité qu'elle ne connaissait que son service et n'avait aucun souci du reste.

Lorsque Anfissa Ivanovna sortit de sa chambre à coucher, elle apprit par Potapytch que sa nièce s'en était allée à pied à Rytchi, ce qui valut une verte réprimande au vieux serviteur. Et cependant, il jurait ses grands dieux que Meletina Petrovna avait refusé chevaux et voitures, affirmant qu'elle allait toujours à pied. Il était près de huit heures du soir quand elle revint de sa course. Après avoir mis elle-même sa lettre à la poste, elle était entrée dans la boutique d'Alexandre Vassilievitch Sokolov pour y acheter du tabac et du papier à cigarettes, et y avait rencontré son compagnon de route, Asklipiodote Psychologov, avec le maître d'école, Znamenski. Le village de Rytchi lui plaisait infiniment :
Il avait même, ajouta-t-elle avec un air moqueur, l'apparence d'un endroit civilisé, grâce aux boutiques, aux cabarets, et aux auberges qui étaient sur la place du marché, et dont deux, entre autres, étaient ornés de grandes enseignes dorées annonçant au public qu'on y trouvait les vins du prince ou du comte untel. En revenant, elle avait été attaquée par des chiens, ces chiens lui avaient déchiré le bas de sa robe, mais elle allait immédiatement réparer le dommage. Sa tante la gronda de s'être obstinée à vouloir aller à pied : elle lui répondit, comme à Potapytch, qu'elle préférait aller à pied et qu'elle ne ferait jamais usage de la voiture ; puis, en levant une aiguille de la pelote de Domna, elle se mit tranquillement à raccommoder sa robe d'indienne.

VII

Le lendemain, Asklipiodote Psychologov, se pavanant dans un pantalon à carreaux, avec un veston très court de couleur verte et le chapeau crânement planté sur le côté de la tête, fit son apparition chez Anfissa Ivanovna. Après l'avoir saluée d'un air compassé, il lui dit avec une certaine ironie que, comme il savait qu'elle ne le portait pas dans son cœur, il n'était pas venu pour elle, mais bien pour sa nièce, la charmante voyageuse. Malgré son impertinence, la bonne dame lui donna pourtant sa main à baiser et s'informa de la santé du père Ivan, à quoi Asklipiodote lui répondit d'un ton dégagé qu'il ne pouvait guère la renseigner à cet égard, l'auteur de ses jours étant toujours à l'église. Mais, selon toute probabilité, il se portait à merveille, car il avait observé que « les popes n'attrapaient jamais froid, et jouissaient, par conséquent, d'une santé à toute épreuve ». Puis il lui fit part de son retour au domicile paternel, à la suite d'un changement radical qui était survenu dans son séminaire, et qui, en le mettant dans l'impossibilité d'y continuer ses études, l'avait décidé à quitter ce temple de la science pour rentrer au bercail. Meletina entra au même moment. À sa vue, Asklipiodote se leva vivement, et lui donna, d'un air dégagé, une vigoureuse poignée de main. Anfissa Ivanovna les laissa seuls, d'où sa nièce put conclure que cette visite lui déplaisait. Malgré la froideur de cette réception, Asklipiodote resta pas mal de temps avec Meletina, enfuma le salon, et couvrit le parquet d'une si grande quantité de bouts de cigarettes, que Potapytch eut toutes les peines du monde à les ramasser. Ce qu'ils se dirent resta un mystère impénétrable, car ils ne cessèrent de se parler très bas, et chaque fois que Potapytch entrait avec un plumeau à la main, ils se taisaient ou échangeaient des lieux communs sur la pluie et le beau temps. Avant de laisser partir le visiteur, Meletina Petrovna le mena dans sa chambre, et s'y entretint avec lui une bonne demi-heure ; enfin Asklipiodote la quitta, et, retrouvant Anfissa Ivanovna dans le salon, il la salua avec la même solennité qu'à son arrivée, et lui dit, en la menaçant du doigt :

« C'est mal, très mal à vous, petite mère, de ne pas aimer son filleul… Le bon Dieu vous en punira sévèrement.

— C'est bon, c'est bon, va t'en débiter tes sornettes ailleurs », se dit la vieille à elle-même, et se tournant vers sa nièce après qu'il fut parti, elle ajouta : « De qui donc tient-il, cet étourneau ? C'est incroyable, en vérité ! »

Quelques jours plus tard, Domna, qui était allée entendre la messe à Rytchi, raconta à sa maîtresse qu'elle y avait vu Meletina Petrovna à côté d'Asklipiodote, que leur bavardage et leurs rires avaient attiré l'attention du père Ivan, et qu'il leur avait envoyé le diacre pour les engager à sortir de l'église, au lieu d'empêcher les autres de prier Dieu ! Le diacre leur avait fait sa commission, de sa grosse voix de basse, et Asklipiodote était sorti, tandis que Meletina Petrovna s'était mise à prier avec ferveur. Après la messe, le père Ivan avait fait un petit sermon sur la liturgie, sur la signification du temple de Dieu et sur la façon dont les fidèles qui venaient y adorer le Seigneur devaient se comporter. Meletina Petrovna fit, à son retour, exactement le même récit que Domna, en y ajoutant quelques mots d'éloge pour le père Ivan. Elle avoua même qu'elle ne se serait jamais attendue à ce qu'un prêtre de village eût le courage de faire une pareille réprimande, surtout à une barinia, et composât sur ce thème un sermon aussi excellent.

Tous ces incidents ne furent pas, à vrai dire, du goût d'Anfissa Ivanovna, et la présence de sa nièce lui devint à charge. Trop fine pour ne pas s'en apercevoir, Meletina Petrovna s'employa aussitôt de son mieux à effacer cette désagréable impression, et se montra non seulement facile à vivre, mais aimable et complaisante à tout propos. Deux jours à peine s'étaient écoulés, qu'elle avait déjà reconquis la faveur de sa tante, en lui préparant des syrniki[12], dont elle se donna presque une indigestion. Ayant appris qu'elle aimait le kvas[13], et qu'elle se plaignait que personne ne sût lui en faire du bon, elle lui en prépara avec des tranches de pain de seigle grillé et du sucre, le versa dans plusieurs bouteilles, jeta dans chacune trois raisins secs, et, lorsqu'il se mit à fermenter, l'offrit, pour en goûter, à Anfissa Ivanovna, qui le trouva parfait et en but avec délices. Ayant ensuite pris connaissance du jugement prononcé par le juge de paix dans le fameux procès Trichkine dont nous avons déjà parlé, et qui condamnait sa tante à quatre jours de prison, Meletina Petrovna courut chez le juge, et plaida si bien la cause d'Anfissa Ivanovna que l'affaire se termina par un arrangement à l'amiable avec ledit Trichkine. Cette belle action gagna tout à fait le cœur de la vieille dame, qui la qualifia d'emblée de « bonne petite femme », l'embrassa avec reconnaissance, fit sa paix avec le juge, et se mit aussitôt à lui tricoter des chaussettes avec un coton des plus fins, ce qui fournit à sa nièce l'occasion de lui montrer une nouvelle manière de faire le talon.

Quant à Asklipiodote, il n'avait plus reparu.

Meletina Petrovna avait un peu plus de vingt ans : petite et délurée, vive et causante, elle avait la figure avenante et le sourire gai, des yeux brillants et pleins de malice, et des cheveux châtains d'une beauté peu ordinaire (elle ne portait pas de chignon), qu'elle relevait à la chinoise, et dont elle nouait si coquettement les belles nattes avec un ruban de couleur, qu'aucune autre

12 Espèce de fromage à la crème.
13 Boisson à base de pain fermenté.

coiffure n'aurait pu mieux les faire valoir. Le reste de sa toilette laissait fort à désirer : elle n'avait en tout et pour tout qu'un costume, mais dès que sa tante eut dit à qui voulait l'entendre que c'était « une bonne petite femme », elle lui fit cadeau de tout ce qui lui manquait, et lui donna même une pièce de barège de première qualité, en témoignage de sa reconnaissance pour l'heureuse issue du procès Trichkine.

Meletina l'embrassa avec effusion, et après en avoir obtenu encore cinquante roubles par-dessus le marché, pour les fournitures indispensables, alla immédiatement choisir à Rytchi, dans le magasin de Semen Ossipovitch Goloubov, plusieurs douzaines de boutons, des rubans et des broderies en quantité plus que suffisante. Ensuite ayant rencontré sur son chemin Ivan Maximytch, elle le pria de lui prêter pour quelque temps sa machine à coudre, qui, à l'entendre, faisait sa besogne comme « vingt avec le loup ». Dès qu'elle fut rentrée, elle se mit à préparer son ouvrage, à tailler et à coudre l'étoffe que sa tante lui avait donnée. Celle-ci lui proposa de faire venir la couturière du village, mais elle lui répondit qu'elle saurait parfaitement se tirer d'affaire sans son aide. Effectivement, peu de jours après, elle avait remonté sa garde-robe de costumes simples, mais de bon goût, qui faisaient ressortir la beauté piquante de sa petite personne. Anfissa Ivanovna ne cessait de son côté de s'étonner de la mode du jour, qui voulait qu'on employât une étoffe pour les manches et pour la jupe, et une autre pour le corsage, ainsi qu'une masse de boutons sans boutonnières, alors qu'il n'y avait rien à boutonner. Surtout ce qui la surprenait, c'était de voir poser, juste à l'endroit où il devait être infailliblement écrasé par le siège, le nœud qui, dans le bon vieux temps, s'épinglait devant sur le corsage, en trahissant ainsi aux regards indiscrets les émotions et le trouble du cœur, par le frémissement imperceptible des boucles du ruban dont il était formé.

Malgré tout, elle approuva les toilettes qui allaient si bien au frais visage de sa nièce. La nièce, à son tour, enchantée de se voir si bien mise, ne cessait de s'admirer dans la glace et d'embrasser à tout moment sa bonne tante, qui ne manquait jamais de dire à tout venant : « Ne croyez pas que Meletina Petrovna soit coquette ! Non, mais elle est femme, et quelle est la femme qui n'est pas secrètement heureuse de sentir qu'elle peut plaire ? »

Son ouvrage terminé, elle lut à Anfissa Ivanovna *Don Carlos* et les *Mystères de la cour de Madrid*. La bonne vieille fut ravie, surtout du dernier roman, où, dans son for intérieur, elle se comparait à Isabelle, et feu le capitaine au maréchal Prim.

Les domestiques, à l'exemple de leur maîtresse, se prirent d'affection pour la jeune femme, ainsi que les paysans des environs, à qui elle savait se rendre agréable. Le marchand Sokolov lui donna à crédit, sans sourciller, du tabac et des bonbons qu'elle distribuait ensuite aux enfants du village. Le gros richard Kousma Vassilievitch Tchournossov, qui rembarrait d'habitude tous ceux qui lui demandaient à emprunter de l'argent, lui prêta un jour un billet de cinquante roubles. Le tailleur Philarète Semenovitch, qui était toujours ivre et couvert de bleus, jetait son bonnet en l'air, et criait un hourra ! quand il la rencontrait. Enfin, le marguillier, ayant appris la prédilection de Meletina Petrovna pour l'esturgeon frais servi avec la botvinia[14], alla tout exprès à la ville du gouvernement, et lui rapporta un esturgeon tout vivant, de deux archines de long. En rien de temps la jeune femme entra en relation avec les paysannes et les paysans, et alla les voir dans leurs isbas.

Avec les paysannes, elle causait des vaches et des veaux, et de la triste situation qui leur était faite ; avec les paysans, elle discourait

---

14 Soupe froide faite avec du kvas.

sur la capitation, sur la tyrannie du capital, sur les tribunaux communaux, sur les assemblées communales, et sur l'ignorance des starchiny[15]. Elle se baignait avec les jeunes filles, leur apprenait à nager et à plonger, en leur disant que c'était fort utile, et qu'il fallait profiter des quelques mois d'été afin de faire provision de santé pour les longs jours d'hiver. Parfois aussi elle était prise de la fantaisie de se baigner toute seule, et les renvoyait tout à coup, sans autre explication.

Anfissa Ivanovna, désormais tranquillisée et convaincue que sa nièce n'était pas de celles qui auraient pu troubler son repos, reprit sa tranquille existence. Leurs bons rapports étant complètement rétablis, elle en vint même à regretter que Meletina Petrovna passât dehors la plus grande partie de la journée, et la laissât presque toujours seule. Cependant certains détails l'inquiétaient bien encore un peu : d'abord la jeune femme, lorsqu'elle sortait, ne manquait jamais de fermer la porte de sa chambre à clef, comme si elle avait peur d'être volée, et ensuite, en dépit de sa nombreuse correspondance, elle n'avait jamais écrit à son mari ni reçu de lui la moindre lettre, ce qui décida enfin sa tante à aborder ce sujet délicat :

« Es-tu brouillée avec ton mari ? lui demanda-t-elle un beau jour.

— Pas du tout.

— Pourquoi alors ne t'écrit-il pas ? C'est vraiment incroyable !.... Comment ne pas informer sa femme qu'on est en vie et bien portant ?... Non ! Monsieur part pour la guerre et n'écrit pas un traître mot... Dis-moi, ma chère, n'aime-t-il pas par hasard à 'flûter' ?

— À 'flûter' ?... je ne comprends pas.

— À boire, si tu aimes mieux, plus qu'il n'est convenable.

— Il boit, mais très modérément.

---

15 Chefs du *volost*, réunion de plusieurs villages.

— Tant mieux, tant mieux, car j'ai connu, vois-tu, un certain capitaine, poursuivit-elle en soupirant, qui, lorsqu'il était 'bu', ne savait plus ce qu'il faisait. Les yeux lui sortaient de la tête, il ne restait pas en place, il flanquait des coups de poing à droite et à gauche… C'était, à ce qu'il disait, pour empêcher son bras de s'engourdir. »

La conversation en resta là sur ce chapitre, et quoique Anfissa Ivanovna n'eût rien appris de positif sur le silence mutuel des deux époux, elle en avait du moins conclu, à sa grande satisfaction, que le capitaine Skriabine ne « flûtait » pas. Tout était donc rentré dans l'ordre accoutumé, lorsque le crocodile fit son apparition à Gratchevka, et en révolutionna les habitants, comme nous l'avons raconté plus haut.

VIII

La malheureuse Anfissa Ivanovna ne ferma pas l'œil de toute la nuit, à la suite de son affreux cauchemar. Elle réveilla Domna, essaya de causer avec elle de choses et d'autres pour faire diversion à la terrible réalité, mais ce fut en vain ! Elle eut beau choisir des sujets qui l'en éloignaient, la conversation l'y ramenait toujours malgré elle. Vaincues par la fatigue, ses paupières s'alourdissaient ; elle s'oubliait un instant, mais son sommeil agité ressemblait à celui que les médecins procurent aux malades à bout de forces, au moyen d'un narcotique. À peine commençait-elle à s'endormir, qu'elle se voyait donnant à Zotytch l'ordre de faire élever tout autour de sa propriété une muraille avec des portes de fer, mais Zotytch demandait de l'argent pour acheter les matériaux nécessaires, et les derniers roubles qui restaient en caisse n'avaient-ils pas été dépensés pour les robes de sa nièce ? Puis la scène changeait : la haute muraille, si désirée, s'élevait devant elle, et elle en contemplait les solides portes, auprès desquelles Braguine, un fusil sur l'épaule, montait la garde. Heureuse de se sentir à l'abri de toute attaque, elle chantonnait gaiement : « La lune se mire dans la baïonnette de la sentinelle », mais ne voilà-t-il pas que la tête menaçante du crocodile se montrait soudain au-dessus du mur ; il examinait, quelques secondes durant, l'intérieur de la cour, et, s'appuyant sur ses quatre pattes, s'apprêtait à descendre, pendant qu'Asklipiodote surgissait à ses côtés, soulevait respectueusement son chapeau et disait à sa marraine : « Vous voyez, petite mère, je vous l'avais prédit : le bon Dieu vous punit de ce que vous n'aimez pas votre filleul ! »

Enfin, le point du jour arriva, les premières lueurs de l'aube matinale pénétrèrent par la fenêtre en réveillant les moineaux, qui reprirent leur infatigable gazouillement, et Anfissa Ivanovna, délivrée de son angoisse, commença à respirer plus librement. Ses nerfs se détendirent à mesure que la nuit s'effaçait devant la lumière du soleil, et elle parvint à dormir paisiblement jusqu'à huit heures.

Malgré ce repos et les gouttes d'amygdaline qu'elle avait prises à son réveil, elle ne se sentit pas dans son assiette ordinaire. Elle garda néanmoins pour elle ses impressions, tout en en voulant sérieusement à sa nièce de lui avoir éclaté de rire au nez, à la vue de son bonnet de travers et de son châle traînant derrière elle, au lieu de lui donner du courage. Son bon cœur l'engagea cependant à déconseiller les bains de rivière à Meletina Petrovna, qui parut tout d'abord recevoir ce conseil avec une certaine surprise, mais, lorsqu'elle eut compris que cette recommandation n'avait d'autre cause que le voisinage du crocodile, elle embrassa sa tante sur les deux joues, en lui déclarant qu'il ne lui inspirait aucune crainte, et que, si elle avait voulu s'en donner la peine, elle l'aurait depuis longtemps attrapé par la queue : elle irait donc se baigner comme d'habitude, puis elle pousserait de là jusqu'au bureau de poste de Rytchi, et le soir elle lui lirait le *Cavalier sans tête*, ce qui lui plairait sans doute infiniment. Quelques instants plus tard, on la vit en effet traverser la cour dans sa jolie robe de toile écrue, qu'elle relevait coquettement d'une main, comme pour donner l'occasion, à ceux qui en auraient le désir, d'admirer tout à leur aise un pied mignon bien chaussé et recouvert d'un bas couleur de chair bien tendu. Ouvrant ensuite son ombrelle, elle disparut par la porte cochère !

L'assurance que lui avait donnée sa nièce de pouvoir attraper le crocodile par la queue travailla singulièrement la cervelle d'Anfissa Ivanovna. Pourquoi dès lors n'enverrait-elle pas chercher M.

Znamenski, et ne l'engagerait-elle pas à se concerter avec elle à ce sujet ? L'idée était d'autant meilleure que, la veille même, celui-ci lui avait communiqué une lettre où on lui promettait des sommes folles s'il parvenait à envoyer le crocodile vivant. Elle en était là de ses réflexions, lorsqu'elles furent subitement interrompues par l'apparition de M. Znamenski en personne ; il portait sous son bras une énorme liasse de journaux.

M. Znamenski pouvait avoir une trentaine d'années : long et maigre, sa poitrine rentrée, ses joues creuses, ses pommettes saillantes, sa figure hâve, d'un ton verdâtre, lui donnaient un air maladif, et ses yeux rappelaient à s'y méprendre ceux d'une brème salée. Il marchait en se balançant, habitude qui trahissait l'ancien séminariste ; son habit flottait sur son grand corps comme sur un portemanteau, et les pans de sa longue redingote se soulevaient à chaque pas qu'il faisait. En un mot, on l'aurait pris plutôt pour un mort que pour un vivant.

Il s'excusa auprès d'Anfissa Ivanovna du dérangement qu'il lui causait, mais comme il avait passé toute la matinée à explorer les bords de la Gratchevka, il lui demandait la permission de se reposer un moment chez elle. Ces quelques mots furent suivis d'un formidable accès de toux, puis il lui raconta combien il était irrité et vexé de toutes les sottises dont les gazettes remplissaient leurs colonnes à propos du crocodile et, lançant avec violence son paquet de journaux sur la table, il se laissa tomber dans un fauteuil. Anfissa Ivanovna, enchantée de sa visite, fit apporter la « zagouska », et n'eut rien de plus pressé que de lui faire part de l'opinion de sa nièce. M. Znamenski accueillit cette communication avec une indifférence marquée, en faisant toutefois observer, avec une certaine amertume, que Meletina Petrovna était fort à envier, puisqu'elle trouvait moyen de plaisanter et de rire des choses les plus graves ; quant au crocodile, il était parfaitement sûr de s'en rendre maître, et de le prendre bel et bien, aussitôt qu'il aurait reçu les livres de Wolff !... Il n'y avait donc pas là matière à discussion ! Mais ce qui l'exaspérait, c'était de voir tous les journaux faire chorus pour soutenir que le crocodile de Gratchevka n'était pas un crocodile, mais tout simplement un serpent monstre !... Peut-être leur grossière impudence le forcerait-elle à aller s'expliquer en personne avec les auteurs de ces ridicules articles, qui d'ailleurs lui inspiraient le plus profond mépris, par la légèreté avec laquelle ils remplissaient leur noble mission, et qui, comme de véritables histrions, se plaisaient à dénaturer les faits, pour empêcher la vérité de se produire au grand jour.

Ne se sentant pas d'humeur à rien prendre, il refusa de toucher à la zagouska, malgré les instances d'Anfissa Ivanovna, qui lui raconta à son tour qu'elle avait rencontré Ivan Maximytch, et qu'à en croire ce dernier, il y avait vingt crocodiles venus de Pétersbourg, tous à courte queue, sauf un sans queue. M. Znamenski, en écoutant ces détails, éclata d'un rire homérique, qui ne fit qu'augmenter sa toux, et il jura à la vieille dame qu'il n'y en avait positivement qu'un, et qu'elle s'était laissé prendre aux balivernes d'Ivan Maximytch.

Cette explication enchanta Anfissa Ivanovna, et M. Znamenski acheva de la tranquilliser sur les habitudes du monstre, en lui assurant qu'elle n'avait rien à en redouter, tant qu'elle éviterait les bords de la rivière et les joncs du marécage, le crocodile n'étant pas un animal à s'aventurer dans un jardin entouré d'une clôture, et encore moins dans une maison. Là-dessus, le digne savant rassembla ses journaux épars, prit congé de son hôtesse, lui affirma de nouveau que la bête ne lui échapperait pas, et lança ses longues jambes dans la direction de Rytchi.

Cette visite eut sur la santé d'Anfissa Ivanovna une influence infiniment plus salutaire que les gouttes d'amygdaline que lui avait prescrites Nirioute, et que, séance tenante, elle jeta par la fenêtre. Complètement remise de toutes ses inquiétudes, elle descendit au jardin pour causer avec Braguine de la guerre de 1812.

Meletina Petrovna revint de sa course vers l'heure du dîner, et raconta à sa tante qu'elle avait rencontré Znamenski, que celui-ci l'avait arrêtée et retenue, bon gré mal gré, en plein champ, pour lui lire des articles de journaux sur les monstres marins, tout en accablant d'injures leurs auteurs, qui s'obstinaient à ne pas comprendre la différence qui existait entre Gratchevka et la Norvège ou les Orcades, entre lui et le capitaine Drewars ou l'évêque de Pontopidago, et qu'il avait déclaré en finissant que, s'ils continuaient à écrire sur ce ton, il tuerait tous ces maudits écrivains, parce qu'ils défiguraient sciemment la vérité.

« Eh bien, que lui as-tu répondu ?

— Je lui ai répondu qu'il était un Don Quichotte, et je l'ai envoyé consulter le feldscher Nirioute », lui répliqua en riant Meletina Petrovna ; alors, embrassant sa tante à plusieurs reprises, elle lui promit de lui lire un jour ou l'autre les *Aventures de Don Quichotte*, qu'Anfissa Ivanovna croyait être un général guerroyant en Serbie.

La lecture de l'*Histoire d'un cavalier sans tête* fut reprise après le dîner, et intéressa à tel point Anfissa Ivanovna, qu'elle l'écouta jusqu'à minuit passé, et elle se mit au lit toute rassurée et satisfaite de savoir qu'il n'y avait qu'un crocodile à Gratchevka, et qu'il ne lui prendrait jamais la fantaisie de s'introduire dans sa maison.

IX

Un soir, Anfissa Ivanovna fut agréablement surprise par la visite du père Ivan, qu'elle aimait tout particulièrement. La vieille dame s'empressa de lui offrir son meilleur fauteuil, et donna l'ordre de servir du thé. Le bon prêtre avait l'air profondément triste. Il se sentait, lui dit-il, dévoré par une inquiétude dont il ne pouvait se rendre compte, et si mal en train, que pour un rien il se fût mis au lit, si la crainte de ne plus s'en relever ne l'en avait pas empêché. Anfissa Ivanovna lui conseilla de consulter le feldscher Nirioute ; mais, lorsque le pauvre homme l'eut assurée que le Seigneur pouvait seul, dans sa miséricorde, le guérir des maux dont il souffrait, elle cessa d'insister et se contenta d'observer silencieusement sa mauvaise mine.

Il soupira, et lui dit qu'il avait reçu la veille, de Moscou, une lettre que lui avait écrite un prêtre, son camarade de séminaire et son contemporain, et dont le contenu lui avait été très pénible.

Anfissa Ivanovna lui en demanda la raison, mais le père Ivan se borna, en soupirant de nouveau, à reparler de sa tristesse. L'entrée de Meletina Petrovna interrompit la conversation, qui ne battait que d'une aile. Toute rouge d'émotion et de joie, elle tenait à la main un numéro de la *Feuille d'Avis* et, se débarrassant vivement de son chapeau, elle leur dit qu'elle leur apportait une heureuse nouvelle !

« À propos du crocodile ? s'écria sa tante.

— Pas du tout, au sujet de la Serbie ! Les Serbes ont remporté une victoire, et battu les Turcs à plate couture ! »

Cette nouvelle, il faut bien l'avouer, fut une déception pour Anfissa Ivanovna, qui s'attendait à apprendre quelque chose de positif sur le terrible animal tandis qu'il s'agissait tout simplement d'une bataille en Serbie… et la Serbie était si loin ! Sa nièce leur fit la lecture du télégramme qui annonçait la prise d'assaut par le général Tchernaiev d'un camp turc près de Babino Glava. Le père Ivan l'écouta avec la plus grande attention, et fit ensuite un grand signe de croix :

« Que Dieu leur vienne en aide ! ajouta-t-il. Il est temps qu'eux et tous les chrétiens des Balkans soient délivrés du joug insoutenable des musulmans. Soyons donc reconnaissants aux volontaires qui ont pris les armes en leur faveur. La question serbe n'est autre que la question bulgare, herzégovinienne, bosniaque, et même russe, puisque nos ancêtres sont venus de là, et que la divine lumière de la Parole chrétienne en est sortie pour nous éclairer…

— Et ton mari ? On n'en dit rien dans le journal ?

— Pas un mot. Mon mari n'est qu'un tout petit officier, la cinquième roue du carrosse.

— Mais il aurait pu se distinguer ?

— Certainement ! Aussi, lorsqu'il se sera distingué, nous lirons le récit de ses exploits : en attendant, on n'en dit rien. »

Le thé fut apporté, et, à peine venait-elle de le verser, qu'on entendit un bruit de grelots dans la cour. Le tintement des grelots n'était rien moins qu'agréable à Anfissa Ivanovna, car il lui annonçait le plus souvent la venue du stanovoï ou de l'ispravnik, qu'elle aimait médiocrement, bien qu'à plusieurs reprises elle eût tenté de capter leurs bonnes grâces, en leur offrant des chaussettes tricotées de sa main. Le bruit des grelots attira également l'attention du prêtre, et lorsque la porte de l'antichambre s'ouvrit avec fracas, et que des pas lourds retentirent sur le parquet de l'entrée, il se leva pour aller à leur rencontre ; mais, à son grand étonnement, ce fut Potapytch qui entra et annonça que le saltsky était venu de Rytchi chercher le père Ivan. Le prêtre sortit alors du salon, et dit aux dames en revenant que le stanovoï était descendu chez lui et le priait de venir le trouver.

« C'est sans doute pour un mort ? lui dit Anfissa Ivanovna.

— Je crois plutôt qu'il s'agit d'un vivant », murmura le père Ivan, en prenant congé des deux dames.

Dix minutes plus tard, la télègue du saltsky le déposait chez lui, où le stanovoï l'attendait, en buvant du thé et en causant avec Asklipiodote.

« Mille excuses, lui dit le père Ivan en lui serrant cordialement la main.

— Il n'y a pas de quoi ! Nous causions, votre fils et moi, en vous attendant, et c'est lui qui m'a offert du thé.

— Ne voudriez-vous pas un peu de zagouska, un petit verre d'eau-de-vie ?

— J'en avais déjà offert, mais sans succès, dit Asklipiodote.

— Parce que le maître de la maison était absent, mais à présent c'est une autre affaire, et j'accepte volontiers une goutte d'eau-de-vie, dit le stanovoï en souriant.

— Vas-en chercher, dit le prêtre à son fils ; tu trouveras aussi de la zagouska dans l'armoire, des biscottes, du fromage, du saucisson… Apporte le tout, et n'oublie pas les champignons : ils ne sont pas bien beaux, mais ils sont tout fraîchement salés, et je les ai cueillis moi-même… Votre visite a-t-elle un motif officiel ? demanda-t-il au stanovoï, aussitôt que son fils se fut éloigné.

— Oui, il s'agit…

— Qu'est-il arrivé ?

— Rien de bien particulier, mais la chose n'en est pas moins désagréable…

— A-t-elle quelque rapport avec mon fils ?

— Oui.

— Encore une folie ?

— Oui, encore une !

— Mon cœur le pressentait !…. J'ai reçu une lettre de Moscou, ajouta-t-il… et, la tirant de sa poche, il la remit au stanovoï… Est-ce au sujet de 'cela' ? demanda le père Ivan, les yeux pleins de larmes.

— Oui, c'est bien à cause de cela.

— Que dois-je donc faire alors ?

— Il faudrait tâcher d'étouffer l'affaire.

— Sans doute, mais comment ?

— En avez-vous parlé à votre fils ?

— Non ! il m'en coûtait trop… et vous ?

— Ni moi non plus… Je tenais avant tout à en causer avec vous.

— Vous êtes bien bon. »

Asklipiodote rentra au même moment, portant un plateau couvert d'assiettes, de zagouska et d'un carafon d'eau-de-vie : « Eh bien, la voilà, cette fameuse eau-de-vie, et la zagouska avec !. … Ne désireriez-vous pas du vin ? Nous avons, je crois, du sherry et du cognac !…. Il n'y a rien de tel pour animer la conversation, et pour rendre un homme éloquent !

— Eh bien, va, donnes-en, lui dit son père en l'interrompant.

— Je savais bien qu'il me dirait d'en donner : il n'est avare que pour moi, mais pour ses hôtes… tout à discrétion ! Que de fois ne lui ai-je pas dit : 'Père, un dîner sans vin, c'est comme un homme sans femme', mais c'était comme si je chantais… »

Et là-dessus Asklipiodote versa de l'eau-de-vie dans trois verres.

« À vous d'abord, dit-il, en montrant de la main un petit verre et en s'adressant au stanovoï.

— Je vous en prie », ajouta le prêtre.

Tous les trois vidèrent leur petit verre d'un trait.

« Parfait ! exquis ! Cela vaut mieux que le thé… Causez un peu, pendant que je vais chercher le sherry et le cognac… » et, rencontrant sur son chemin la cuisinière, Asklipiodote l'embrassa, en l'invitant à l'accompagner à la cave.

« Laissez-moi donc tranquille, dit la cuisinière, en se débarrassant tant bien que mal de son étreinte.

— Voyons, viens !

— Je n'irai pas, que je vous dis !

— Je t'en donnerai à goûter !

— Ah çà, avez-vous bientôt fini ? »

Un moment après, le sherry et le cognac qu'Asklipiodote avait apportés de la cave furent placés sur la table du salon : puis, après avoir avalé un second petit verre d'eau-de-vie, il profita de la première occasion pour s'éclipser.

« Je vous laisse, dit-il, je vois que vous avez à causer.

— Vous n'avez pas besoin de lui ? demanda son père au stanovoï.

— Pas le moins du monde.

— Alors tu peux t'en aller. »

Le jour était déjà tombé depuis longtemps, que l'entretien du prêtre et du stanovoï durait encore. Personne ne sut jamais ce qu'ils avaient pu se dire, mais la cuisinière raconta plus tard qu'étant entrée par hasard, elle avait vu le père Ivan la tête entre ses mains ; de grosses larmes coulaient le long de sa barbe grise ; la table était jonchée de lettres et de papiers de toutes sortes, et le stanovoï en lisait un à haute voix, mais, l'apercevant, il s'était brusquement interrompu. Vers minuit on attela ses chevaux, et il fit ses adieux au prêtre.

« Vous devriez passer la nuit chez moi, lui dit ce dernier : il fait noir comme dans la gueule d'un four, vous pourriez verser dans un ravin !

— Impossible... Je dois être de retour à la ville au petit jour, répondit le stanovoï, en rangeant les papiers dans son portefeuille.

— Ainsi donc, vous me conseillez de faire la course ?

— Oui, cela vaudrait mieux... Vous arrangerez la chose plus facilement. Seulement prenez bien garde que votre fils ne se sauve : souvenez-vous que je vous le laisse sous votre caution... » et le tarantass s'éloigna emportant le stanovoï sur la route de la ville.

Tout le village était depuis longtemps endormi, sauf quelques paysans, assis à une des extrémités de la longue rue, devant une isba dont les murs n'étaient plus d'aplomb ; sur le toit de cette isba était plantée une longue perche ornée d'un lambeau d'étoffe. Asklipiodote, complètement gris, faisait partie du groupe : il discutait et gesticulait avec chaleur, en tapant sur les épaules de ses compagnons, aussi ivres que lui, mais d'une ivresse mélancolique.

« Encore un malheur, murmura l'un d'eux... Il y a deux ans, le Seigneur nous a envoyé la grêle, l'année dernière une mauvaise récolte, et ne voilà-t-il pas maintenant qu'un crocodile se met à dévorer le pauvre monde !

— Ce n'est pas un crocodile, mais cent crocodiles qu'il faudrait vous lancer aux trousses, s'écria Asklipiodote.

— Et pourquoi donc ? hurlèrent les paysans.

— Parce que vous êtes tous des ânes, entendez-vous bien !.... Si l'on m'en croyait, on vous enverrait d'abord au bain pour vous décrasser, ensuite on vous fustigerait tous bien gentiment pour vous donner de l'esprit, et enfin on vous offrirait en pâture aux crocodiles, ce qui vous guérirait à jamais de votre sottise !

— Sais-tu que tu nous contes là des choses bien étonnantes, Sklipion Ivanytch ? dit un des paysans d'un air ahuri.

— Je ne m'appelle pas Sklipion, mais Asklipiodole, reprit l'orateur... C'était un saint et un grand saint qu'Asklipiodote !.... On le fête le 3 juillet, et c'est ce jour-là aussi, ce jour mémorable, qu'est mort Ivan Skoropadsky, hetman de la Petite-Russie... une tête qui avait de la cervelle, celle-là !

— Les temps sont durs, il n'y a pas à dire, reprit un paysan.

Remercions tout de même le Seigneur de ce que la récolte ne sera pas mauvaise cette année... Sans ça, il ne resterait plus qu'à se pendre !

— On ne se rattrapera pas, quand même, dit un autre. Malgré la récolte, nous n'aurons pas grand-chose, car l'année passée nous n'avons pas payé pour la terre, et cette année-ci non plus... Notre bétail est vendu, et lorsqu'on nous aura fait payer pour la terre, il ne nous restera plus rien !

— Eh bien, alors, ne payez pas, lui dit Asklipiodote.

— Comment cela ?

— Es-tu engagé par écrit ?

— Non.

— Eh bien, alors, soutiens que tu as tout payé.

— Et le mirovoï ?

— Tu lui diras, à lui aussi, que tout est payé.

— Donc, il faut que je mente, d'après toi ?... Sais-tu que cela peut être dangereux ?

— Non, non, ce n'est pas juste, s'écrièrent les autres paysans.

— Si ce n'est pas juste, alors paye, paysan !... Les marchands, les seigneurs, les popes à longues crinières ont des poches profondes, elles ne demandent qu'à être bourrées !

— Que dis-tu ?

— Rien... c'est une réflexion. »

Au même moment un bruit de clochettes attira l'attention des causeurs, et le tarantass, avec le stanovoï assis dans l'intérieur et le saltsky perché sur le siège, passa rapidement devant eux.

« Pourquoi est-il venu ? demanda un paysan.

— Il est allé voir mon père, répondit Asklipiodote.

— Qu'est-il donc arrivé ?

— Il est arrivé qu'il y a eu un incendie... Le puits a pris feu, et on l'a éteint avec de la paille.

— Quelle caboche de farceur ! dirent les paysans.

— Ma caboche est sur mes épaules, et mes pieds sont dans mes bottes.

— Pas vrai, ce sont celles de ton père !

— Bah ! un fin larron tire profit de tout… Ah ça ! y aurait-il, oui ou non, quelque chose à mettre sous la dent ?… S'il n'y a rien, que le diable vous emporte, je ne vous dirai plus d'histoires, et je m'en vais me coucher !

— Il est tard, le cabaretier a peur d'ouvrir.

— Peur de quoi, puisque le stanovoï est parti ?

— Eh bien, s'il nous ouvre, entrons… Quant à tes contes, ils sont fièrement drôles, et si le père Ivan les avait entendus, il t'aurait joliment secoué. »

Asklipiodote éclata de rire, et, posant de nouveau sa casquette de côté d'un air crâne, il se mit à crier avec les paysans, jusqu'à ce qu'enfin la figure endormie du maître du cabaret apparût sur le pas de la porte… et ils s'y précipitèrent en se bousculant !

Asklipiodote ne rentra chez lui qu'au point du jour : sa surprise fut grande de trouver son père en train de boucler une petite valise, qu'il déposa dans le fond de sa télègue, déjà attelée, et sur le siège de laquelle était assis son garçon de ferme.

« Allez-vous loin ? » lui demanda-t-il.

Le père Ivan leva les yeux sur son fils, qui s'était arrêté devant lui, les jambes écartées, la casquette tombant sur la nuque, les deux mains dans les poches de son pantalon à carreaux, l'habit couvert de taches, la cravate dénouée :

« Asklipiodote ! Asklipiodote, s'écria-t-il, dans quel état…

— Sérieusement, allez-vous loin ? reprit ce dernier.

— Très loin, mon ami… Je me dépêche, car il ne faut pas que je manque le train de Moscou.

— C'est sans doute pour chasser votre mélancolie !… Heureux

mortel !

— Non, mon ami, je suis au contraire très malheureux !

— Heureux, vous dis-je… Prenez-moi avec vous… »

Mais le père Ivan monta dans la télègue, dit adieu à son fils, se signa en regardant son église, et s'éloigna de sa maison, les yeux pleins de larmes.

La fille de service raconta à Asklipiodote que son père l'avait longtemps attendu, qu'après le départ du stanovoï il n'avait fait que marcher, soupirer, et même pleurer, qu'il ne s'était pas couché, et qu'aux premières lueurs de l'aube il avait appelé le garçon de ferme et lui avait ordonné de mettre tout de suite les chevaux à la télègue.

« Et du sherry, en veux-tu ? » lui dit Asklipiodote, dès qu'elle eut fini de parler.

La fille se cacha la figure dans son tablier : « Laissez-moi donc tranquille !

— Voyons, en veux-tu ?

— Allez, allez cuver votre vin ailleurs.

— Tu as peut-être raison… Va me faire mon lit. »

Elle disparut aussitôt dans le corridor, et Asklipiodote la suivit en chancelant.

X

Le même jour, deux ou trois heures plus tard, Anfissa Ivanovna, qui venait à peine de se réveiller, vit entrer dans sa chambre Domna, qui lui annonça que « quelque chose »' s'était introduit dans le jardin, que Braguine, terrifié, ne voulait plus continuer à habiter un endroit aussi dangereux, et qu'il demandait immédiatement son compte. À cette nouvelle, Anfissa Ivanovna manqua à son tour de s'évanouir de frayeur, et son livre de prières lui glissa des mains, sans qu'elle s'en aperçût. Quant à Domna, elle tremblait la fièvre, et n'avait plus figure humaine ! Braguine fut appelé : il arriva à l'instant, l'air sombre et les sourcils froncés : lui aussi mourait de peur !

« Qu'y a-t-il ? dis-le, lui demanda sa maîtresse avec des larmes dans la voix.

— Je n'en sais rien moi-même, articula avec peine le jardinier. Tout ce que je sais, c'est qu'il m'est impossible de rester ici une minute de plus : jamais je n'ai vu rien de pareil !

— Mais, qu'est-ce donc ? Parle, au nom du ciel !

— Voilà ce que c'est !... Il était environ deux heures après minuit, lorsqu'en sortant de ma cahute j'entends remuer dans le massif de lilas. Je m'arrête, j'écoute, j'entends de nouveau du bruit, et en même temps comme qui dirait un chuchotement qui ressemblait à un sifflement, et un craquement de branches sèches... Je me dis : « Ce sont, bien sûr, les enfants du village qui viennent voler les framboises ou les groseilles ; il faut que j'en attrape au moins un, et je lui donnerai une bonne raclée !» Je rentre dans ma guérite, j'enfile mes bottes de feutre, je prends un bâton, et je reviens me poster près des lilas... J'écoute encore... plus rien !

Ajoutez à cela qu'il faisait noir comme dans un four… Je suivais doucement l'allée qui mène aux framboisiers, lorsque tout à coup je vois quelque chose briller à ma droite… Je m'arrête, je regarde, et j'aperçois entre les branches deux yeux de feu qui se fixent sur moi !… Je sens mes jambes qui tremblent, je crie : 'À la garde ! au secours ! d'une voix étouffée, et voilà… que les yeux s'éteignent, et j'entends dans les buissons un fracas épouvantable, comme de ma vie je n'en ai entendu de semblable !

— C'était le crocodile ! s'écrièrent à la fois les deux vieilles, complètement affolées… Tu l'as vu, tu l'as vu ?

— Je n'ai vu que ses deux yeux de feu…

— Et lorsque tu as crié : À la garde ! tu as vu sans doute comment il s'est jeté…

— Puisque je vous dis qu'il faisait noir comme dans un four… Mais j'ai entendu l'horrible craquement, et un peu après, le même bruit s'est répété du côté de la haie, comme si quelqu'un l'enjambait… À mon cri, Karp accourt avec son bâton !…. Je lui conte l'histoire pendant que nous nous éloignons, et voilà… que le tapage recommence de plus belle dans le fourré d'acacias !…. Alors nous avons joué des jambes, et nous nous sommes sauvés bien vite à la maison !

— Ah oui ! il n'y a plus à en douter ! Ce sont les crocodiles, un mâle et une femelle, dit Anfissa Ivanovna. Znamenski m'a raconté que c'est justement dans cette saison qu'ils pondent leurs œufs… Tu n'as pas regardé s'il y en avait… de leurs œufs ?

— Non… Quand le jour est venu, nous sommes retournés tous ensemble de ce côté, et nous n'avons ramassé que deux bouts de cigares… pas autre chose !

— Pas d'autres traces ?

— Mais quelles traces voulez-vous donc qu'il y ait ?… L'herbe est foulée, voilà tout !… et la haie est pour ainsi dire ployée en deux,

juste à l'endroit où nous avons entendu ce bruit infernal !... Vrai
Dieu ! Anfissa Ivanovna, faites-moi mon compte, car, quoi que
vous disiez, je ne resterai pas ici une minute de plus ! »

Anfissa Ivanovna, très émue, supplia Braguine de ne pas
l'abandonner ; elle lui dit qu'elle n'avait plus d'espoir qu'en lui, un
ancien militaire qui avait fait ses preuves…, etc. Bref, elle lui parla
si bien, que, de fil en aiguille, Braguine s'attendrit et revint sur sa
première résolution, mais à la condition qu'au lieu de coucher
dans sa guérite, il coucherait dorénavant avec les autres
domestiques.

Dès qu'elle fut habillée, Anfissa Ivanovna, sans même se donner le
temps de dire ses prières, s'empressa d'aller faire part de l'incident
à sa nièce ; mais, à son grand désappointement, la porte de sa
chambre était fermée à clef, d'où l'on pouvait conclure que la
nièce dormait de tout son cœur !

Sur ces entrefaites, Ivan Maximytch entra chez la femme de
ménage. Se tournant du côté du coin où étaient les icônes, devant
lesquelles brûlait une petite lampe, il se signa et s'assit sur un
coffre qui faisait l'office de banc :

« Je suis venu pour savoir si vous vouliez de la viande… J'ai tué
une belle vache 'sans queue', et je l'ai payée 'quinze avec les pies'.

— Je ne sais pas si nous avons besoin de viande, répondit Daria
Fedorovna.

— La cuisinière m'a dit qu'il n'en restait plus.

— S'il n'en reste plus, alors apportes-en, et de la meilleure.

— Puisque je vous dis que la bête est de première qualité, tendre
comme de l'agneau… On en mangerait, en carême, sans pécher,
'vingt avec le loup' !... Ah ! dites donc, quoi de neuf à propos du
crocodile ? »

Daria Fedorovna fit un geste de désespoir, et le mit au courant de
l'aventure de la nuit.

« Ah ! là, là, quelle montagne de péchés ! » s'écria Ivan Maximytch, en éclatant de rire... « Vingt avec le loup ! » et il hocha la tête... « Savez-vous, ajouta-t-il, qu'on bavardait joliment sur la visite de la police chez le père Ivan ?

— Eh bien, que disait-on ?

— On disait que c'était par rapport à je-ne-sais-quoi venu de Pétersbourg, par rapport à son fils, par rapport à Sklipion, comme on l'appelle !... Le saltsky m'a raconté qu'il avait étudié à fond la serrurerie chez un camarade avec qui il logeait à Moscou... Vous comprenez, n'est-ce pas, ce que ça veut dire 'l'étude des serrures » !... Après quoi il a filé avec le train, comme si le diable l'emportait, et l'ami s'est alors aperçu que son argent avait également filé !

— Comment ! Il a volé ?

— Volé ? pas précisément, puisque c'était chez un ami, et qu'il y étudiait la serrurerie... Pourtant, dans la crainte de 'la question des coups de poing dans la nuque' qu'aurait bien pu lui administrer la police, il a prudemment pris le large. Mais on a envoyé de Moscou un papier officiel si long, si long, qu'ils n'ont pas fini de le lire dans toute une nuit, et le père Ivan est parti tout de suite pour Moscou, en emportant de l'argent avec lui, 'vingt avec le loup' !... Oh ! Là, là, quelle montagne de péchés !..., Et le voilà en route pour éteindre l'incendie, et pour empêcher son luron de fils de faire plus ample connaissance avec le département des prisons ! »

De retour à Rytchi, Ivan Maximytch entra dans la boutique d'Alexandre Vassilievitch, et il y raconta ce qu'il avait appris chez la femme de ménage ; aussi, une heure après, tout le village savait-il que le vieux Braguine avait vu, la nuit précédente, deux crocodiles, un mâle et une femelle, qui étaient venus dans le jardin d'Anfissa Ivanovna pour y déposer leurs œufs. La nouvelle arriva bientôt jusqu'aux oreilles de M. Znamenski, lequel avait eu déjà le temps de consulter à loisir les livres envoyés de chez Wolff. Bien qu'il n'y eût rien trouvé sur la manière de chasser le crocodile, il conçut néanmoins, après mûre réflexion, un plan d'action, auquel il résolut de se tenir, en mettant de côté les moyens employés jusque-là. Ces moyens, à vrai dire, lui paraissaient complètement impraticables pour atteindre le but qu'il s'était proposé.

Les paysans qu'il avait invités, dans le principe, pour les discuter avec lui, finissant toujours par se griser au point de perdre complètement la raison, il se décida, pour être sûr de mener l'entreprise à bonne fin, à ne réunir dorénavant que des gens qui ne s'enivreraient pas et qui s'engageraient à le seconder sérieusement : à cette condition seulement, on pouvait espérer obtenir un bon résultat.

Une fois arrivé à cette conclusion, M. Znamenski se rappela avoir lu, dans le temps, un article du *Fils de la Patrie* sur les sociétés savantes de l'Allemagne, de l'Angleterre et de la France ; d'après cet article, les congrès scientifiques des naturalistes allemands devenant de plus en plus une affaire de bombance et de plaisirs, de nature à reléguer au second plan l'objet même de la réunion, il avait été décidé qu'à l'avenir on organiserait des sections distinctes, consacrées spécialement à l'étude d'une certaine branche des sciences naturelles. Pourquoi dès lors ne pas suivre un aussi bon exemple, et ne pas fonder une société sur ce modèle ?

Après avoir bien et dûment élaboré son projet, M. Znamenski se rendit à la boutique d'Alexandre Vassilievitch Sokolov, où, à sa grande joie, il trouva réunis tous les gros bonnets du village, en train de causer de la découverte des deux crocodiles dans le jardin d'Anfissa Ivanovna. Il y avait là entre autres Kousma Vassilievitch Tchournossov, Ivan Maximytch, le feldscher Nirioute, le vétérinaire Kapiton Afanassievitch, le diacre Kosmalinski, en un mot tous ceux qui pouvaient avec quelque succès, non pas personnifier les savants allemands dans la future société, mais en être au moins les représentants. Après avoir échangé avec eux les saluts habituels, il leur exposa son plan, et leur fit observer, en quelques paroles nettes et précises, qu'il serait d'autant plus impossible de renoncer à attraper les crocodiles, que le résultat certain de leur coupable inaction serait, maintenant que la ponte était un fait bien et dûment avéré, de voir non seulement leur localité, mais toute la Russie infestée, dans un avenir peu éloigné, de ces animaux et transformée en un pays semblable à l'Égypte. Il appuya même fort habilement sur les récits des catastrophes causées par ces amphibies en Afrique, et rappela un certain passage du voyage de Stanley, dans lequel ce dernier raconte comment un crocodile se jeta sur un malheureux âne, un jour qu'il traversait à gué le fleuve Malagarazy, et l'entraîna sous l'eau en dépit de tous les efforts tentés pour le sauver. Ce même Stanley n'en avait-il pas vu du reste d'énormes troupeaux se jouant sur les bords des lacs Mouhighé et Rouzizi ? Il termina son discours en leur assurant que, s'il n'eût craint de fatiguer son auditoire, il aurait pu leur en conter bien plus long sur ce chapitre, mais qu'il remettait ce plaisir à une autre fois. Bien que la formation d'une société causât à l'assemblée une certaine appréhension, à cause des autorités, il fut écouté avec un vif intérêt, et Ivan Maximytch exprima le sentiment général de la façon énergique qui lui était familière : il redoutait fort, disait-il, que le tout finît par une connaissance avec « la question des coups de poing dans la nuque » de la police. Alexandre Vassilievitch Sokolov fut de son avis. Le richard Tchournossov se gonfla comme une souris à la vue d'un tas de blé, et porta aussitôt la main à ses poches. M. Znamenski employa toute son éloquence à leur prouver que leur association n'avait rien de commun avec celle des « Valets de cœur »[16] et que l'utilité de son but lui vaudrait au contraire la protection des autorités. Il leur cita même, à l'appui de son opinion, le gouvernement de Penza, où le gouverneur favorisait ouvertement la Société de tempérance. Mais hélas ! ni cet exemple, ni plusieurs autres, aussi judicieusement choisis, ne parvinrent à faire une impression favorable sur ses auditeurs, et il dut, bon gré mal gré, recourir à son dernier argument, à l'eau-de-vie et à la saucisse ! Disons, en passant, que cette dernière était vieille de trois ans !

L'eau-de-vie et la saucisse sauvèrent la situation, et le soir venu, la Société, quoique s'écartant sur quelques points des règles établies par celle des anthropologistes, fut définitivement organisée, à la grande joie du digne maître d'école. Pénétrés enfin de la nécessité du parti qu'ils venaient de prendre, ses nouveaux membres reconnurent à l'envi qu'il n'était pas possible de laisser plus longtemps les crocodiles en repos, et en vinrent même à émettre l'opinion que le gouvernement saurait certainement mauvais gré à la population de Rytchi si elle n'employait pas tous les moyens en son pouvoir pour attaquer et détruire dès l'origine cet abominable fléau. Ivan Maximytch, le seul qui ne touchât pas à l'eau-de-vie, continua à soutenir qu'il redoutait principalement la question des coups de poing dans la nuque, et refusa carrément sa coopération. M. Znamenski, se dérobant avec modestie à l'honneur de la présidence, proposa d'élire à sa place le feldscher Nirioute, comme étant déjà versé dans les sciences naturelles. Tchournossov, Sokolov, Kapiton Afanassievitch et d'autres furent nommés membres de la Société, et le diacre Kosmalinski secrétaire, en sa qualité de lettré : il savait, disait-on, écrire à peu près sans faute.

16 Les voleurs en Russie avaient une hiérarchie calquée sur les couleurs des jeux de carte.

La nouvelle de la fondation d'une Société, avec accompagnement d'une ample distribution d'eau-de-vie, attira bientôt tout le village à la porte du cabaret et entre autres le tailleur Philarète Semenovitch, qui, complètement ivre, nu-tête, couvert de sang, se mit à hurler hourra ! en se proposant comme membre. On l'expulsa immédiatement.

En revanche, un marchand de cotonnades, nommé Goussev, et le sacristain de Rytchi furent reçus par acclamation, et lorsqu'on se compta, on se trouva être trente élus. M. Znamenski triomphait. Il ne restait plus qu'à donner un nom à la Société, et il proposa de l'appeler : « Société de Zélateurs pour les études complémentaires sur l'histoire naturelle en général, et sur la capture des crocodiles de Gratchevka en particulier ». Cette dénomination fut ratifiée avec un enthousiasme unanime, et le fondateur, le président, et chacun des membres, bernés à tour de rôle. Le président Nirioute proposa un toast aux succès et à la prospérité de la Société ; on y répondit avec transport. Cette touchante cérémonie se serait sans doute prolongée jusqu'au jour, si le membre Sokolov n'eût pas, à un moment donné, empoigné par les cheveux son collègue le sacristain. Cette querelle jeta de l'eau froide sur la surexcitation générale. On se mit en devoir de séparer les combattants, et, ce résultat atteint non sans peine, on décida que pour cette fois il y en avait assez, qu'il était temps pour chacun de gagner son logis… et la séance fut levée !

XI

Le père Ivan comptait certainement soixante ans bien sonnés. Ses cheveux et sa barbe de neige, sa physionomie prévenante, sa haute taille, formaient un ensemble plein de dignité ; c'était un homme sérieux et fort respecté de tout son voisinage. On lui avait conféré la kamilavka[17], l'épigonate, la croix au cou et la décoration de Sainte-Anne. Après avoir rempli pendant plusieurs années consécutives les fonctions de blagotchinni[18], il venait de s'en démettre, vu son grand âge, et ne s'occupait plus que de sa paroisse. Il officiait à chaque fête avec pompe et gravité ; ses sermons étaient rares, mais toujours dits à propos, et comme sa parole respirait la vérité, elle touchait profondément le cœur des fidèles. La simplicité de ses expressions donnait aux vérités qu'il proclamait une grandeur nouvelle, et portait avec elle une force persuasive qui agissait aussi bien sur les masses que sur les individus pris isolément.

Aussi bon administrateur que bon pasteur, il surveillait avec un soin scrupuleux son ménage : aussi l'abondance qui régnait dans son intérieur le faisait-elle passer parmi ses confrères pour un homme riche. Il l'était réellement, ne s'en cachait pas comme tant d'autres, ne déposait pas en secret son argent à la Banque, mais cherchait toujours à l'employer utilement. Le respect qu'il avait su mériter ne tenait pas à sa fortune ; on l'aimait surtout parce que c'était un homme de cœur.

À la mort de sa femme, il était resté avec une fille de seize ans et

17 Haut bonnet en velours violet, distinction accordée à certains ecclésiastiques.
18 Surintendant ecclésiastique, ayant autorité sur un certain nombre de paroisses, et en rapport direct avec le consistoire de la province.

un fils de huit. Seul avec deux enfants, la responsabilité de cette tâche lui inspira tout d'abord des craintes, que son bon sens ne tarda pas à dissiper. Il confia le soin de son ménage à Seraphima, ce dont elle s'acquitta à merveille, et fit entrer Asklipiodote à l'école ecclésiastique. Comme le garçon était naturellement bien doué, il rapporta, aux vacances de la première année, de si bonnes notes, que les inquiétudes du bon prêtre disparurent entièrement. Le père Ivan, s'étant aperçu un beau jour que les peintures murales de l'église de Rytchi étaient en fort mauvais état, se rendit dans la ville du gouvernement pour y chercher un artiste qui consentît à les restaurer. On lui recommanda un jeune homme nommé Jdanov, qui venait de finir son cours à l'école de peinture de Moscou. Il alla le trouver, lui expliqua ce dont il s'agissait, fit avec lui un arrangement, et reprit, satisfait et tranquille, le chemin de son village. Quinze jours après, le peintre et ses trois rapins arrivèrent à Rytchi, et s'installèrent chez le prêtre, qui leur offrit une cordiale hospitalité. Dès le lendemain, l'église retentit du bruit des marteaux. Dès que les préparatifs furent achevés, et que l'on put se risquer sur les planches vacillantes de l'échafaudage, qui s'élevait jusqu'à la coupole, Jdanov passa sa blouse, et, muni de pinceaux et de couleurs, se mit bravement à la tâche. Le travail marcha à vue d'œil, à la grande joie du père Ivan. Émerveillé du talent du peintre de son choix, il ne sortait plus de l'église, il passait si bien tout son temps à regarder la coupole, qu'à la fin de la journée il rentrait chez lui complètement courbaturé.

Jdanov avait vingt-cinq ans, et joignait à son talent d'artiste les qualités d'un brave et honnête garçon. Il soutenait de son travail sa vieille mère, qui habitait, dans la ville du gouvernement, une petite maison que lui avait léguée son défunt mari. Les soirées passées au presbytère en causeries intimes permirent au prêtre d'apprécier toute l'honorabilité, le sens pratique et le bon cœur du jeune homme, qui, à son tour, se prit d'une sincère affection pour le père Ivan et sa famille. Plusieurs semaines se passèrent ainsi.

Un jour que Jdanov eut la fantaisie de s'essayer dans l'art difficile du portrait, il demanda à Seraphima la permission de faire le sien, ce qui lui fut accordé sans peine. Pendant les longues séances qu'il se plaisait à lui consacrer, son regard s'attacha involontairement sur le visage frais et charmant de la jeune fille. Le père Ivan, ayant été forcé de s'absenter pendant quelques jours, fut, à son retour, saisi d'admiration et de surprise à la vue du portrait presque achevé !

« Mon Dieu, mais elle est vivante ! c'est parfait, c'est admirable ! S'écria-t-il.

— Il vous plaît ? lui demanda modestement le peintre.

— Sans doute.

— Eh bien, laissez-moi vous proposer un échange… Je vous offre la copie, vous me donnerez l'original. »

Le bon vieillard se laissa d'autant plus aisément convaincre, que Jdanov avait gagné son cœur : il l'aimait comme son fils, et Seraphima, en réponse aux questions de son père, lui avoua qu'il ne lui était pas indifférent ; le consentement fut donc accordé.

Jdanov en prévint aussitôt sa mère. La bonne vieille fondit en larmes à la seule lecture de sa lettre, et loua, sans perdre une minute, une voiture et des chevaux pour aller à Rytchi, pleura tout le long de la route, et monta en sanglotant les quelques marches du petit perron de l'habitation du père Ivan. Le hasard voulut qu'une amie de Seraphima, laide et contrefaite à plaisir, fût la première personne que Mme Jdanova aperçût en entrant dans l'antichambre ; la prenant pour sa future belle-fille, ses pleurs redoublèrent de violence, et elle l'embrassa à plusieurs reprises, en lui faisant les plus tendres et les plus vives démonstrations, et en l'appelant : « Mon ange, ma beauté, mon divin chérubin ! » Le père Ivan eut toutes les peines du monde à la tirer de son erreur, et à l'engager à se tourner du côté de Seraphima, qui s'avançait, rougissante et émue. À sa vue, les larmes de la vieille dame coulèrent de nouveau avec une telle abondance, que l'épaule de la jeune fille, sur laquelle elle appuya son visage, en fut littéralement inondée.

« Oh ! oh ! quelle fontaine que ta mère ! » dit à Jdanov le père Ivan. Quant à la jeune fille contrefaite, elle garda toujours, depuis ce temps-là, le sobriquet de « divin chérubin ».

Lorsque le travail du peintre fut achevé, on enleva les échafaudages, on nettoya, on lava et on para l'église de tous ses ornements. Quand ce fut fait, le père Ivan y entra, accompagné de sa fille et de son futur gendre, et s'arrêtant au milieu de la nef :

« La maison de mon Père s'appellera la maison de la prière, dit-il avec recueillement, et c'est la vérité, car digne de pitié est celui qui, en y pénétrant, ne sent pas le besoin d'élever son âme… Que le Seigneur et tous les Saints ici représentés vous bénissent maintenant et à jamais dans les siècles des siècles ! »

Puis, se faisant donner l'étole par le sacristain, il la passa sur ses épaules : « Remercions le Seigneur, dit-il, qui nous a aidés à terminer nos travaux !… » et il entonna un *Te Deum* d'actions de grâces.

Le jour où eut lieu l'inauguration de l'église restaurée vit également célébrer le mariage de Seraphima, dont « la mère d'honneur » fut Anfissa Ivanovna. Deux semaines plus tard, les deux jeunes mariés quittèrent le village pour aller habiter la ville du gouvernement, et la vieille Mme Jdanov versa de nouveau un torrent de larmes, en se séparant du père Ivan.

Deux ans après, Seraphima était devenue mère, et la naissance de son enfant avait causé une joie générale dans toute la famille. Pendant ce temps, Asklipiodote terminait, assez mal il est vrai, ses études à l'école ecclésiastique, et subissait, plus mal encore, ses examens d'entrée au séminaire, comme externe. Son père vint l'installer chez Jdanov, en le confiant à sa surveillance, et, après l'avoir longuement sermonné, retourna à Rytchi et à ses occupations journalières.

Cependant les approches de la vieillesse se faisaient peu à peu sentir chez le père Ivan : son dos se courba, ses jambes perdirent de leur élasticité, son sommeil devint agité, et ses forces s'affaiblirent. Ce qui le désolait surtout, c'est qu'il lui semblait que son intelligence baissait, et il soupirait après un repos absolu. Assis dans son jardin, au milieu de ses ruches il pensait à l'avenir, à son fils : « Dieu aidant, se disait-il, il finira son cours, se sentira de la vocation et sera prêtre comme moi... Alors, je lui passerai ma cure ! Rien ne lui manquera, grâce à mes soins : il remplira sans difficulté ses devoirs, sera un bon pasteur, et saura diriger son troupeau dans la bonne voie, car il est facile à celui qui n'a pas à se préoccuper du côté matériel de la vie de faire le bien et d'enseigner la vérité... Quant à moi, je m'en irai, et je me consolerai à la pensée que mon fils est là pour me remplacer. Il ne faut pas gêner un jeune ménage, et je sais que la jeunesse tient à être indépendante... C'est bien naturel ! Je me construirai là-bas, à l'ombre de mon église et de ces grands arbres, une cellule, et je m'y retirerai, en ne me réservant que le strict nécessaire... Le reste appartiendra aux enfants : qu'ils jouissent du fruit de mon labeur, n'est-ce pas pour eux que j'ai travaillé ?... » Malgré tout, le brave homme continua longtemps encore à travailler en dépit de son âge et de sa santé, qui déclinait de plus en plus.

Pour se distraire d'un isolement qui lui pesait, il allait souvent à la ville, mais il en revenait chaque fois plus sombre et plus abattu ! Il ne se consolait des chagrins continuels que lui causait son fils que par la vue du bonheur de Seraphima. En effet, les études du jeune

Asklipiodote n'allaient guère : il en accusait ses professeurs, qui, disait-il, le persécutaient. Jdanov, se voyant dans l'impuissance de s'en faire obéir, pria le père Ivan de le décharger de cette inutile surveillance. En désespoir de cause, Asklipiodote fut mis en pension chez un des maîtres du séminaire, et pendant quelque temps on put se féliciter de ce changement, car sa conduite sembla devenir plus régulière. Cependant il manqua ses examens, et resta dans la même classe.

Au bout de trois mois, le professeur écrivit au père Ivan pour lui annoncer qu'il ne pouvait plus venir à bout de son fils, qui s'était grisé plusieurs fois, et l'engagea à venir le reprendre. Le pauvre prêtre se rendit à cette invitation, en se disant qu'un sermon bien sévère aurait peut-être sur le paresseux une salutaire influence. Il en fut malheureusement pour ses frais d'éloquence : Asklipiodote lui répondit par de gros mots. On le plaça de nouveau chez son beau-frère, mais un mois après il fut honteusement chassé du séminaire !

Ce fut un coup de foudre pour le père Ivan ! Frappé droit au cœur, il garda le lit pendant quinze jours, à la suite de cette fatale nouvelle. À peine levé, il partit pour la ville, et quelle ne fut pas sa surprise, en voyant son fils venir gaiement à sa rencontre, dans l'uniforme des employés du chemin de fer, et en l'entendant raconter qu'il était devenu comptable à une des stations, qu'il recevait vingt-cinq roubles d'appointements par mois, qu'il jouissait d'un billet de parcours gratuit sur toute la ligne, dont il comptait bien largement profiter, qu'il espérait obtenir sous peu la place de sous-chef de gare, et qu'en un mot il était enchanté de son sort. Bien que le père Ivan fût obligé de s'avouer douloureusement à lui-même que son fils était un ignare, il dut cependant en prendre son parti et se résigner aux circonstances. Après avoir complété sa garde-robe et lui avoir donné de l'argent, il le supplia, les larmes aux yeux, de ne pas lui causer de nouveaux chagrins, de penser à son avenir, et de servir honorablement dans la nouvelle carrière où il venait d'entrer. Le bon vieillard ne tarda pas à se persuader, à l'exemple de la plupart des parents qui s'appliquent à découvrir un bon côté dans la mauvaise conduite de leurs enfants, que, du moment qu'il ne se sentait pas de vocation, Asklipiodote avait agi honnêtement en refusant de devenir un indigne serviteur de Dieu. Deux mois s'écoulèrent, et son fils fut effectivement nommé sous-chef de station. C'était donc un pas en avant ! Il envoya dans une de ses lettres sa photographie, en uniforme de l'administration, la casquette posée crânement sur le côté de la tête, les yeux levés au ciel, l'air inspiré ! Son père alla aussitôt le complimenter, resta quelques jours avec lui, et revint heureux et rassuré.

Ce bonheur ne fut pas de longue durée. Ne recevant plus un mot de lui, il s'inquiéta de son silence, et se rendit, après quelques semaines d'attente inutile, à la station. Le chef de gare lui annonça que son fils, après avoir laissé un déficit dans la caisse confiée à sa surveillance, s'était enfui et se tenait caché, et que, pour éviter un scandale, il avait payé de sa poche les cent roubles volés ! Le père Ivan, navré, les lui rendit aussitôt, et, revenu chez lui, se mit au lit, tout malade. Quatre mois se passèrent sans que son fils lui donnât signe de vie ; il ne savait plus que penser, lorsqu'un beau jour Asklipiodote fit sa rentrée sous le toit paternel. Son père en crut à peine ses yeux : ses nerfs déjà ébranlés ne purent résister à cette émotion et, oubliant le passé, il lui ouvrit ses bras, en pleurant comme un enfant.

Asklipiodote lui raconta qu'il avait demeuré les derniers temps chez un propriétaire ; que ce dernier l'avait chargé de préparer son fils pour le gymnase, mais que, le garçon étant un âne bâté, il avait préféré abandonner sa place, sans même réclamer ses appointements, bien décidé qu'il était à entrer en automne à l'école des instituteurs ruraux, pour se vouer exclusivement à l'instruction du peuple. Le père Ivan se consola de nouveau, et se reprit à espérer que ce dernier projet réussirait mieux que les précédents. Il l'installa dans la chambre occupée jadis par Seraphima, l'habilla des pieds à la tête, et ne songea plus au passé. Cela marcha tant bien que mal pendant quelque temps. Mais à la fin il arriva des plaintes de tous côtés sur son inqualifiable manière d'être et sur sa conduite malséante envers les femmes et les filles, de plus il s'enivrait constamment, jurait, blasphémait, et offensait les vieillards ; alors le pauvre père perdit ses dernières illusions. Il eut beau le prêcher sur ses devoirs de futur instructeur du peuple, sur l'exemple qu'il devait donner... etc., ce fut en vain : Asklipiodote ne lui répondait que par des plaisanteries. Enfin, il entra en automne à l'école des instituteurs ruraux, y resta deux ans, et revint à Rytchi, sans avoir, il est vrai, terminé son cours, mais en revanche très développé au physique. Il avait pris de la carrure, portait toute sa barbe, avait arboré des lunettes bleues à verres convexes, il rejetait ses cheveux en arrière, et se prétendait parfaitement préparé à l'exercice de sa profession. Pour le prouver, il expliqua à son père la nouvelle méthode d'enseignement par l'émission des sons, l'organisation des jardins d'enfants (*Kindergarten*), l'utilité des jeux géographiques... etc., et termina son discours en lui demandant d'obtenir à son intention de la régence provinciale la première place vacante dans une école primaire. Le prêtre alla trouver le président de la régence, qui la lui promit sans difficulté. Ce fut justement peu de jours après que le pauvre père Ivan se vit forcé de se rendre à Moscou sur le conseil du stanovoï, afin de tirer son incorrigible fils d'un mauvais pas.

XII

Il revint au bout d'une semaine. C'était le soir. Asklipiodote, nonchalamment étendu sur les marches du perron, respirait le frais :

« Ah ! père, vous voilà enfin !... nous vous avons joliment attendu tout de même !... Eh bien, êtes-vous content de votre course ?

— Oui, très content, lui répondit le père Ivan en descendant de sa télègue et en se signant devant l'église... Seulement, j'ai le dos brisé par la fatigue...

— Allez au bain, et frottez-vous bien avec du poivre ; ça vous guérira...

— Non. J'ai assez de la frottée que j'ai reçue à Moscou : je m'en souviendrai longtemps !

— Quoi donc ? » dit son fils d'un air surpris.

Le père Ivan garda le silence. En entrant dans son salon, il fit encore un signe de croix, se laissa tomber épuisé dans un fauteuil, et demanda du thé.

« Un petit verre d'eau-de-vie ferait bien mieux votre affaire, lui dit Asklipiodote... Qu'y a-t-il de neuf à Moscou ?

— Ce qu'il y a de neuf ?... Eh bien, tu vas le savoir : j'ai vu ton ami Skvortsov, chez qui tu as brisé une serrure, et volé 200 et quelques roubles... Je lui en ai donné 500, et en retour il m'a remis une déclaration par laquelle il atteste avoir retrouvé l'argent qu'il avait perdu...

— Le coquin ! murmura le jeune homme.

— C'est la seconde fois que je le paye, Asklipiodote... ce n'est pas l'argent que je regrette, c'est la honte qui me tue !...

— Mais où est donc la honte ? Ce n'est qu'une simple gaminerie !

… Ne leur ai-je pas écrit, à lui et au chef de gare, que je leur rendrais la somme ?

— Oui, je l'ai lue, la lettre que tu as envoyée à ton ami… Tu lui dis que tu lui rendras tout à la mort de ton père !… Enfin, n'en parlons plus ; demain je remettrai au stanovoï la déclaration de Skvortsov !…

— Je m'en charge… reposez-vous !

— Non, je préfère y aller moi-même.

— Il faudra, poursuivit Asklipiodote, porter plainte contre lui en diffamation !

— En diffamation ? répéta le père Ivan, confondu de son audace.

— Mais sans doute, c'est tout naturel ! Après m'avoir accusé de vol, ne déclare-t-il pas maintenant qu'il a retrouvé son argent ? c'est donc une calomnie !

— Cette calomnie-là ne saurait nous offenser, et je te conseille de tenir ta langue.

— Nous avons aussi du nouveau, reprit Asklipiodote, après un moment de silence… On a fondé une société…

— De tempérance ?… En serais-tu par hasard le fondateur ?

— Pas du tout, c'est 'la Société des Zélateurs pour les études complémentaires sur l'histoire naturelle en général, et sur la capture des crocodiles en particulier'.

— Et que fais-tu là-dedans ?

— Moi ?… rien !

— Qui donc l'a fondée ?

— Znamenski !… Ils ont fait tendre des filets dans toute la rivière, je leur ai fait demander du poisson, et ils m'en ont envoyé un plein seau… Voulez-vous qu'on vous en grille quelques-uns ?

— Et le crocodile ? L'a-t-on attrapé ? demanda le prêtre en souriant malgré lui.

— Ah bien oui ! il y en a deux à l'heure qu'il est,

— Deux ?

— Oui, et qui plus est, on les a vus tous les deux le mâle et la femelle, dans le jardin d'Anfissa Ivanovna... et depuis lors on y cherche leurs œufs ! »

Malgré sa fatigue, le père Ivan éclata de rire ; bientôt après il se retira, tandis que son fils sortait en ordonnant au valet de ferme de laisser ouverte la petite porte.

La nuit était splendide : c'était une de ces nuits féeriques qui transforment en paysages ravissants les sites les plus ordinaires et qui allument chez les Kouïndji[19] le feu de l'inspiration et les invitent à traduire sur la toile leur poétique beauté. Ce qui, vu de jour, par un soleil ardent et à travers une atmosphère poudreuse et suffocante, vous frappe par sa laideur vulgaire et semble indigne du pinceau de l'artiste, change tout à coup d'aspect à la douce clarté de la lune. Votre regard surpris et charmé se fixe, à votre insu, sur les ombres aux contours indécis, sur l'isba en ruine, sur les grands joncs du marécage, sur le moulin aux ailes écartées, sur le groupe de saules qui croît au bord du petit ruisseau, sur la haie de branches entrelacées, dont les trouées laissent apercevoir, par échappées, le jardin potager !... Vous êtes seul – car on se couche de bonne heure au village – et vous rêvez en toute sécurité, sans que rien vienne troubler votre rêverie, si ce n'est de temps en temps le cri d'une grue qui s'envole au-dessus des roseaux, ou l'ébrouement d'un cheval au pacage, qui s'impatiente de sentir ses jambes prises dans l'entrave qui le retient... Vous regardez, vous écoutez, et vous entendez vaguement dans le lointain le tintement d'une clochette, tantôt plus fort, tantôt plus faible, suivant le côté d'où vient le vent... et là, à quelques pas de vous, le grincement des roues d'un moulin et le bruit monotone de l'eau qui se déverse sur leurs palettes !

19 Arkhip Kouïndji (1841-1910), peintre réaliste ukrainien.

Cette nuit-là, une masse sombre adossée à une clôture en mauvais état, aux pieds de laquelle s'étendaient les larges feuilles de la bardane, se laissait entrevoir dans un des champs avoisinant le village de Rytchi. Au premier abord on aurait pu la prendre pour un amas de sable et de décombres, si de temps en temps un murmure confus ne s'en était échappé et n'eût trahi la présence de certaines personnes désireuses de se dérober à tous les regards. À la voix mâle de l'une, à l'intonation plus douce de l'autre, au bruit des baisers et des soupirs qui se confondaient, on devinait sans peine un couple d'amoureux :

« Vous n'êtes qu'un insolent ! disait la voix de femme.

— Mais puisque je te jure que je t'aime, disait la voix d'homme… Voyons, bois donc !

— Non, je n'en veux plus, c'est assez !

— Voyons, bois : il en reste encore, et au fond de la bouteille se trouvent, tu sais, richesse, bonheur et amour !

— C'est assez de vous avoir écouté une fois ! J'en pleurerai toute ma vie… Vous m'avez perdue, pauvre fille que je suis !

— Bois, te dis-je !

— Ne criez donc pas si fort, je boirai puisque vous le voulez…, et l'on entendit le glouglou de la bouteille.

— À mon tour, répliqua la voix d'homme… et tout retomba dans le silence.

— Et dire, reprit l'autre, qu'il se prépare à enseigner des enfants ? … Joli exemple et joli maître ! Si j'avais des enfants…

— Patience, tu en auras.

— Eh bien, je ne vous les confierais pas ! »

La lune glissa derrière un nuage, et sa lumière argentée disparut… L'obscurité devint complète.

« Adieu, adieu ! dit la même voix au bout de quelque temps.

— Adieu, ange de mon âme, ma divine reine !

— Laissez donc là ces bêtises, et dites-moi plutôt pourquoi vous allez si souvent à Gratchevka ?

— Il le faut !

— Fi donc ! C'est mal, bien mal à vous !... Vous m'avez promis le mariage, et maintenant...

— Je te l'ai dit, je t'épouserai !

— Non, non... Je vois bien de quel côté tourne le vent... Vous m'avez perdue, personne ne voudra plus de moi !

— Compte sur ma parole, espère !... Tu vaux mieux que toutes les autres...

— Adieu, voici le jour... adieu !

— Adieu et espère, crois-moi !... Le père est revenu furieux de Moscou, il faudra voir... » Et l'homme s'éloigna !

Alors, près de la palissade, on entendit des pleurs étouffés, continus... puis un sanglot à fendre l'âme !

Le lendemain matin, le père Ivan se mit de nouveau en route pour aller chez le stanovoï, qui demeurait à trente verstes de Rytchi. Il en revint le soir, plus triste et plus fatigué qu'à son dernier voyage :

« Cela va mal, dit-il à son fils.

— Qu'est-ce qui va mal ?

— Mais, ton affaire ! On ne peut plus l'arrêter, m'a dit le stanovoï, car il y a vol avec effraction !

— Allons donc ! Skvortsov a déclaré qu'il n'y avait pas de vol ?

— Sans doute, mais il y a l'enquête...

— Que faire alors ?

— Le stanovoï assure que tout dépend à présent du procureur, et comme il est en très bons termes avec le maréchal de la noblesse, je prierai Anfissa Ivanovna, qui se trouve précisément à la campagne dans ce moment, d'aller le voir, et un mot d'elle au procureur lèvera la difficulté. »

Anfissa Ivanovna fut enchantée de revoir le bon prêtre, et le questionna aussitôt sur son voyage à Moscou ; mais quand elle en connut le véritable motif elle devint toute tremblante : « Est-ce possible ? » s'écria-t-elle.

Le père Ivan s'empressa de lui assurer que son fils n'était que l'innocente victime d'une déplorable erreur, car l'argent s'était retrouvé. Il venait donc la supplier, sachant qu'elle était dans d'excellents rapports avec le maréchal de la noblesse, de prendre fait et cause pour Asklipiodote. Alors il lui expliqua en détail ce qu'elle aurait à dire. La bonne dame, flattée d'avoir été choisie comme intermédiaire dans un cas aussi grave, se tranquillisa et, oubliant pour un moment les crocodiles et ses terreurs, promit d'aller dès le lendemain faire visite à son voisin le maréchal, convaincue d'avance qu'il ferait droit à sa demande :

« J'ai si mauvaise mémoire, ajouta-t-elle, que je vous serais bien obligée de me donner par écrit, et en grosses lettres, la requête que je dois lui présenter ; de cette façon, je serai sûre au moins de ne pas commettre de bévue. »

Le père Ivan accéda immédiatement à sa demande.

Dès qu'il fut parti, Anfissa Ivanovna fit tout de suite avertir le cocher Abakoum qu'elle se rendrait le lendemain chez le maréchal de la noblesse, afin qu'il eût devant lui tout le temps nécessaire pour râper son tabac et pour préparer la voiture. On n'eut pas besoin cette fois de lui répéter l'ordre en question. Il ne songea même pas à son tabac, car la perspective d'une course chez le maréchal de la noblesse, où l'on traitait si bien les domestiques des visiteurs, stimula son zèle bien plus que tout ce qu'on aurait pu lui dire.

Rassurée sur ce point important, sa maîtresse tira de sa commode une douzaine de chaussettes très fines, qu'elle avait préparées dans le temps pour le juge de paix Trichkine, les enveloppa soigneusement dans du papier rose, et les plaça bien en vue sur une table afin de ne pas les oublier… Puis elle s'occupa de prendre ses dispositions pour sa toilette.

« On dit que vous allez voir le maréchal de la noblesse ? lui dit sa nièce en entrant dans sa chambre.

— Oui, ma chère ; excuse-moi de ne pas te prendre avec moi… c'est que…

— Comment donc, chère tante !… Je n'aurais pu, du reste, vous accompagner, car j'ai justement beaucoup à faire.

— Ah ! tant mieux ! C'est que, vois-tu, il s'agit de choses sérieuses.

— De quoi donc ?

— Oh ! rien de particulier… là-bas à Moscou… le père Ivan m'a priée…

— Ah ! je sais, c'est par rapport à l'argent… Je pensais que c'était autre chose… À propos, faites-vous bien belle ; vous trouverez chez le maréchal une brillante société, car je sais que l'ispravnik, le procureur et d'autres personnages officiels y seront également.

— Comment le sais-tu, toi ?

— Ah ! les grands secrets sont divulgués parfois par de petites gens… c'est ce qui est arrivé… » Puis Meletina Petrovna se retira en riant, passa toute la nuit à écrire, le vieux Karp put constater qu'elle avait gardé de la lumière jusqu'au point du jour.

XIII

Le lendemain, à neuf heures du matin, il se passa à Gratchevka un événement des plus extraordinaires : tous les gens de la maison, entourés de paysans, de paysannes et d'une masse d'enfants venus du village, étaient groupés au bas des marches du perron, et contemplaient un beau carrosse à ressorts, d'un jaune éclatant, porté par des roues gigantesques et attelé de six chevaux. Cette voiture antédiluvienne, se balançant majestueusement sur des crampons assujettis aux roues, ressemblait, à s'y méprendre, à une énorme citrouille. Sur le siège de la citrouille trônait Abakoum, revêtu d'un armiak[20] vert, coiffé de la chapka à plumes de paon, d'un noir tirant sur le roux, et tenant dans ses larges mains toutes les rênes réunies ; tandis que le vieux Braguine, grimpé sur un vieux cheval pie, faisait l'office de postillon. Abakoum lui avait déterré pour la circonstance un caftan usé jusqu'à la corde ; mais l'ex-dragon avait péremptoirement refusé de l'endosser, et avait gardé son ancien uniforme, dont la poitrine était ornée de plusieurs médailles. Ce costume, il faut bien l'avouer, ne ressemblait guère au costume ordinaire des postillons, et pourtant, au lieu de nuire à l'ensemble du tableau, il en complétait au contraire l'effet. Potapytch, dans une livrée couleur feutre, à plusieurs collets étagés et dont le haut col en drap rouge montait jusqu'à ses oreilles, et coiffé d'un immense tricorne, se tenait debout sur le perron, et attendait d'un air grave sa maîtresse, non sans lancer de temps en temps sur la foule des regards de profonde commisération : « Il faut en vérité n'avoir rien vu dans sa vie pour s'étonner à propos d'une voiture, semblait-il se dire à lui-même…

20 Sorte d'habit, essentiellement russe.

Qu'y a-t-il donc là de si surprenant ? »

Anfissa Ivanovna fit enfin son apparition : elle était drapée dans un châle de même couleur que son carrosse ; sa tête était ornée d'un superbe bonnet, et sa robe de barège, d'une ampleur démesurée, occupait tout l'espace libre entre les degrés du perron et le vestibule ; elle n'avait pas oublié le paquet de chaussettes enveloppées dans du papier rose, et le tenait soigneusement à la main. En la voyant, Potapytch s'élança d'un bond vers la portière, l'ouvrit, abaissa une dizaine de marches, aida sa maîtresse à monter et à s'asseoir dans le fond de la voiture, releva aussitôt le marchepied, referma la portière, et allait donner le signal du départ, lorsque, par suite d'un mouvement trop brusque qu'il venait de faire, son tricorne lui glissa de la tête et alla rouler sous la caisse de la voiture, au milieu des éclats de rire des badauds.

« Mauvais augure ! » se dit Anfissa Ivanovna, à qui Braguine avait maintes fois raconté comment Napoléon avait perdu son chapeau en entrant à Moscou. Potapytch ramassa vivement son couvre-chef, monta derrière le carrosse, se cramponna des deux mains aux longues courroies, et s'écria enfin : « En route ! »

Le lourd véhicule s'ébranla, mais, au moment où il allait franchir la porte cochère, il y eut un arrêt forcé : Abakoum, qui, comme il le disait si justement, « n'avait pas d'yeux logés dans la nuque », accrocha en tournant la borne qui protégeait les battants de la porte cochère, ce qui arrêta tout net l'équipage. On fut obligé de le faire reculer, et d'appeler des gens pour le remettre dans la bonne voie.

Une fois hors de la cour, les chevaux prirent le petit trot, et Anfissa Ivanovna roula, sans nouvelle secousse, sur la grande route qui menait à Noviki, propriété du maréchal de la noblesse.

La journée était chaude, le soleil dardait ses rayons sans pitié, et des nuages d'une poussière épaisse, en s'élevant autour de la voiture, l'enveloppaient de tous côtés.

Braguine, qui depuis longtemps avait perdu l'habitude du cheval, se livrait, des pieds et des mains, aux mouvements les plus désordonnés, sans doute pour exprimer ses regrets de n'avoir pas protesté contre ce mode de locomotion. Reculer cependant n'était plus possible, et la voiture continuait son chemin, en gémissant et en se balançant sur ses ressorts.

Tout à coup des cris réitérés de détresse partirent du marchepied de derrière : c'était Potapytch, qui s'égosillait à crier : halte ! halte ! On s'arrêta et l'on s'aperçut qu'un malencontreux cahot avait fait de nouveau tomber son majestueux tricorne. Pendant que le malheureux courait après cet ornement, les rênes de l'attelage s'emmêlèrent, et l'on perdit un temps infini à les remettre en ordre.

On repartit ; mais hélas, voilà que les vis se défont, et l'on est obligé de s'arrêter à peu près tous les cent pas ! Abakoum descendait chaque fois de son siège, cherchait, sans y parvenir, une clef anglaise dans les poches de la voiture, et finissait par se servir de ses doigts, et même de ses dents, en guise de tourne-vis. Anfissa Ivanovna, qui avait l'air d'un moineau en cage, impatientée de la lenteur de son cocher, se penchait hors de la portière, l'apostrophait avec colère, ou grommelait entre ses dents, le tout, hélas ! en pure perte, car, il faut bien l'avouer, aucun de ses domestiques ne faisait la moindre attention à sa mauvaise humeur.

« Sommes-nous encore loin ? demandait-elle à tout moment.

— Loin de quoi ?

— Mais de Noviki !

— Elle est bonne, celle-là ! répliquait Abakoum d'un ton irrité… Nous venons seulement de quitter la maison, et vous parlez déjà de Noviki ? »

Enfin les vis furent remises en place, et la voiture repartit.

Le calme était rentré dans le cœur d'Anfissa Ivanovna, et elle commençait à se laisser aller à une douce somnolence, lorsqu'un nouveau cri de Potapytch, mais cette fois un véritable cri de détresse, la réveilla en sursaut. Le marchepied de derrière s'était détaché de la caisse, et le malheureux Potapytch, les mains prises dans les courroies, au risque de se les faire arracher, était traîné par la voiture comme un vulgaire paquet. On parvint à grand-peine à le dégager tout meurtri. Le marchepied était complètement brisé ; d'autre part, si le siège était remarquablement haut, il était non moins remarquablement étroit ; il n'y avait pas de place pour Potapytch à côté d'Abakoum. Anfissa Ivanovna se vit obligée de lui donner une place à côté d'elle. Qu'on se représente pour un moment le tricorne posé de côté, la livrée à collet rouge, la figure impassible du vieux domestique, et l'on comprendra sans peine l'effet irrésistible que devait produire cette combinaison inattendue. Les passants se découvraient avec le plus grand respect, et la vieille dame, ravie, prenait pour son compte les saluts adressés à Potapytch. S'abandonnant doucement à ses rêveries, elle pensait à son entrée chez le maréchal de la noblesse, et à l'importance de sa mission, mais le charme de ces tableaux était rompu, à tout moment et à chaque cahot, par les coups incessants que lui infligeait sur les tempes le majestueux tricorne de son voisin.

« Veux-tu bien ôter ta coiffure d'imbécile !… Elle finira par me percer la tête, s'écria enfin Anfissa Ivanovna, exaspérée.

— Et où donc la fourrerai-je, s'il vous plaît ? Répliqua Potapytch, sérieusement offensé de s'entendre appeler imbécile.

— Garde-le sur tes genoux, c'est bien plus simple ! »

Potapytch se décoiffa et obéit en maugréant.

La route montait, descendait tour à tour, et la voiture tout en roulant plus vite quand elle arrivait à une pente, longeait des champs de blé, au milieu desquels blanchissaient les carrés de sarrasin en fleur. Anfissa Ivanovna les regardait fuir à travers la fenêtre de la portière, et elle oublia bientôt le triste présage contenu dans la chute du marchepied et du tricorne de Potapytch.

XIV

Meletina Petrovna avait eu raison : le procureur, l'ispravnik, l'officier de gendarmerie, le juge de paix et « le membre permanent » du comité des paysans étaient réunis chez le maréchal de la noblesse. Le maître de la maison, sa femme et leurs hôtes se tenaient sur un balcon couvert, orné d'arbustes et de fleurs. À l'une des extrémités de la véranda, une table élégamment servie et chargée d'une grande variété de zakouska, de vins et de liqueurs, attirait ces messieurs à tour de rôle ; sur un guéridon à côté, des cigares et des cigarettes attendaient les fumeurs.

La conversation était très animée. L'aide du procureur, d'une taille moyenne, avec une figure sèche et anguleuse, un regard vitreux et méprisant, des lèvres privées de moustaches, offrait le type du fonctionnaire de Pétersbourg, tout frais émoulu de la Faculté de Droit ! Il portait des favoris et des habits taillés à la façon des procureurs, qui est sans doute aussi celle de leurs adjoints. Renversé dans un fauteuil, il balançait machinalement une de ses jambes. Dans le district on l'avait surnommé : « Je crois que », car toutes les conclusions qu'il posait au tribunal commençaient invariablement par la phrase suivante : « En conséquence de ce qui a été exposé plus haut, je crois que... » et il accentuait avec amour les trois derniers mots. Il semblait toujours convaincu que ses arguments étaient irréfutables, accompagnait ses discours de petites tapes sur son genou, jouait avec son crayon, et, à la fin de sa péroraison, ne manquait jamais de l'appuyer avec force sur la feuille de papier blanc étalée devant lui, puis s'amusait pendant quelques instants à agrandir le point qu'il venait de marquer. Sa démarche était ferme et assurée ; quand il parlait dans un salon, son langage s'émaillait de phrases choisies, et d'inflexions de voix à la mode des procureurs, et s'il n'avait pas de crayon à sa portée, il le remplaçait avantageusement par ses ongles, qu'il ne cessait de contempler en les élevant à la hauteur de ses yeux. Au moment où nous venons de l'apercevoir, il mâchonnait un petit morceau de fromage de Limbourg, qu'il arrosait d'une goutte d'absinthe anglaise.

L'ispravnik était petit, fluet, et sa chevelure tirait sur le roux. Assis les jambes croisées, suivant son invariable habitude, il portait un pantalon gros bleu, un gilet blanc à boutons d'uniforme, la moustache et les favoris coupés comme les militaires ; il portait au cou l'ordre de Saint-Stanislas. Il vous étourdissait par la volubilité de sa parole, et ne cessait de gesticuler, comme pour mieux vous convaincre de la vérité de ce qu'il avançait, et de ses bonnes dispositions à votre égard. Il clignait constamment des yeux, jouait avec sa chaîne de montre, comme l'aide du procureur avec son crayon, et bien que sa tournure n'eût rien de militaire, il tortillait machinalement sa moustache. Il avait toujours une photographie du gouverneur à montrer, et ne manquait jamais d'ajouter, en la tirant de sa poche : « Il me l'a envoyée hier… Quelle belle photographie, et quel bel homme, n'est-ce pas ? » Enfin, il aimait passionnément le caviar et la liqueur faite avec le fruit du sorbier.

Quant à l'officier de gendarmerie, quoique d'un âge mûr, il tenait beaucoup à paraître jeune ; sa figure avait encore de beaux traits : aussi les dames l'appelaient-elles « le Bleuet dangereux »[21]. C'était un élégant *di primo cartello* : le collet de son uniforme n'avait pas plus d'un doigt de largeur, et laissait voir un col de chemise d'une blancheur immaculée, ce qui faisait dire au juge de paix que ses cols étaient en papier, et qu'il en changeait six fois par jour.

---

21 En Russie, le drap d'uniforme de la gendarmerie était bleu.

Comme la plupart de ses collègues, il affectait une grande amabilité et une politesse excessive. Ses mains, qu'il se flattait d'avoir très belles, étaient ornées de bagues d'un grand prix, et lorsqu'il tirait de sa poche un riche étui à cigares en argent, il ne manquait jamais de demander même aux fumeurs « si l'odeur ne les incommodait pas ? » Puis, en allumant sa cigarette, il relevait, d'un mouvement plein de grâce, son petit doigt, dont on pouvait admirer l'ongle d'une longueur phénoménale. Au lieu de bottes, il portait des bottines vernies à boutons, et l'étoffe de son uniforme était toujours d'une qualité irréprochable. Il se contentait habituellement d'un demi-petit verre de liqueur, comme les dames, et croquait un radis en buvant son demi-verre à petits coups.

Le juge de paix, à peu près du même âge que l'officier de gendarmerie, avait des cheveux bruns et une bonne figure qui inspirait tout d'abord de la sympathie ; il portait une barbe où se glissaient déjà quelques fils argentés, et marchait en s'appuyant sur une canne. Il parlait bas, d'une voix de baryton, avec un sérieux imperturbable, ce qui ne l'empêchait pas d'inventer une foule d'histoires plus amusantes les unes que les autres. Son costume se composait d'une légère jaquette en foulard beurre frais, d'un pantalon assorti, de souliers lacés et d'un chapeau de paille à larges bords. Il avait l'air de « quelqu'un », si bien que « Je crois que » se taisait devant lui, quitte à se moquer de lui derrière son dos. Les suites d'une attaque de paralysie, dont il avait été récemment atteint, le forçaient à marcher lentement : il boitait même un peu, et les doigts de sa main gauche étaient sujets parfois à des tressaillements nerveux. Sa conversation était semée d'anecdotes, dont son imagination faisait le plus souvent tous les frais, mais il les racontait avec un tel accent de vérité, qu'on les acceptait de confiance, et qu'elles ne tardaient pas à se répandre dans tout le voisinage. Il ne buvait pas de liqueurs, et sa zakouska se bornait d'ordinaire à une beurrée avec un morceau de fromage.

« Le Membre permanent » ou « l'Indispensable » comme il s'intitulait lui-même, était grand, sec, il avait les cheveux coupés en brosse, et portait une longue barbe grise qui lui descendait jusque sur la poitrine. D'une physionomie spirituelle, vif et causant comme pas un, il savait être aimable. Sa toilette était des plus simples : vêtu habituellement d'un habit et d'un pantalon d'une même couleur grise, il tenait à la main une casquette de dragon, ce qui lui donnait un faux air d'officier de cavalerie. Ses manières étaient agréables, il était partout le bienvenu : tout en s'inclinant devant sa supériorité, on aimait à causer et à plaisanter avec lui. Il était homme à se faire cahoter en télègue une semaine durant et à passer la nuit dans une isba. Jamais il ne portait son mouchoir dans sa poche, mais il le tenait glissé entre l'habit et le gilet, ce qui bombait légèrement le côté gauche de sa poitrine. Lorsqu'il s'échauffait en parlant, il se passait vivement la main dans les cheveux, toussait et crachait avec le bruit d'un pistolet qu'on décharge. Il buvait tout ce qu'on lui offrait et goûtait à toute la zakouska.

Au moment où nous introduisons le lecteur dans cette réunion, l'ispravnik tortillait sa chaîne et sa moustache, croisait et décroisait ses jambes, et faisait force gestes, en parlant à l'adjoint du procureur qui regardait ses ongles, et balançait son pied droit, en faisant à chaque mot une brusque inclination de tête. L'officier de gendarmerie, dans une pose des plus gracieuses, causait avec la maîtresse de la maison, pendant que son mari allait et venait de l'un à l'autre, en se plaignant de n'avoir pas une minute à lui ; les membres de l'administration provinciale ne venaient à leur besogne qu'à trois heures de l'après-midi, et il était le seul qui travaillât sérieusement : « N'avait-il pas, ce matin encore, signé cinq cents documents de toute espèce ?... Aussi, bien fin serait celui qui, à la session prochaine, le déciderait à se faire réélire ! » Le juge de paix, assis à côté de « l'Indispensable », le menton appuyé sur sa canne, lui communiquait en grand secret, qu'il savait de source certaine que les cols de chemise du gendarme étaient en papier, qu'il les achetait à Moscou par centaines, et que, dès qu'il y remarquait le moindre pli, il se retirait discrètement dans un coin pour en mettre un autre. Malgré le médiocre intérêt qu'offrait la conversation de tous ces personnages, un observateur attentif aurait pu facilement deviner, aux allusions qu'il leur échappait de faire à certaines lettres anonymes et à certaines brochures d'origine suspecte, que quelque chose d'inusité et d'extraordinaire les préoccupait ce jour-là plus que d'habitude. L'ispravnik se laissa même aller à raconter, avec un entrain assez comique, comment, le matin même, à la maison de poste de Rytchi, en passant son paletot qu'il avait oublié dans le tarantass, il avait trouvé dans l'une de ses poches une brochure politique sur laquelle était écrit : « Ce livre appartient à l'ispravnik ».

Il venait à peine de finir son histoire, qu'un valet de chambre vint annoncer l'arrivée d'Anfissa Ivanovna ; cette nouvelle excita au plus haut point la curiosité de la compagnie et donna lieu à mille conjectures. Quel pouvait être le but de sa visite ? Personne n'ignorait en effet que la vieille dame ne quittait guère son coin que pour aller à l'église et chez le père Ivan. On essaya de faire parler Potapytch, mais celui-ci, qui avait déjà avalé quelques bons petits verres d'eau-de-vie et pas mal de zakouska, se bornait à répondre à toutes les questions : « Je ne puis le savoir »[22]. Quant au cocher Abakoum, il répétait mot à mot la même phrase.

Les plus intrigués étaient sans contredit l'officier de gendarmerie et l'ispravnik, qui se cassaient la tête pour deviner le motif de cette

22 Réponse habituelle des domestiques.

course tellement en dehors de ses habitudes ; tandis que les autres s'amusaient à les dérouter, en émettant les suppositions les plus extravagantes : « Anfissa Ivanovna, disaient-ils, est sans doute venue présenter une requête au sujet de la chasse aux crocodiles, ou bien solliciter une remise de ses redevances ?... Le maréchal de la noblesse n'est-il pas en effet en même temps président de la régence provinciale ?... » Seul, le juge de paix soutenait qu'elle désirait faire la connaissance du « Bleuet dangereux », dont elle avait entendu vanter la beauté et les manières distinguées. Il allait jusqu'à insinuer à ce dernier qu'il ferait bien de ne pas la dédaigner, car elle était propriétaire d'un domaine qui avait bien son charme, et dont, selon toute probabilité, elle ne jouirait plus très longtemps ! Ces plaisanteries cessèrent subitement à l'entrée d'Anfissa Ivanovna, qui, en deux mots, expliqua le motif de sa visite : la société se calma comme par enchantement, et l'aide du procureur s'empressa de la rassurer sur l'affaire d'Asklipiodote, en lui disant que, vu la déclaration du volé, et eu égard à sa démarche personnelle, on pourrait facilement arrêter les poursuites. La vieille dame, ravie, ne savait comment lui exprimer sa reconnaissance ! Cet important fonctionnaire ne lui donnerait-il pas aussi un bon conseil à propos de l'histoire des crocodiles ? À peine cette pensée lui eut-elle traversé l'esprit, qu'elle se décida à la lui raconter dans tous ses détails. Ces détails, l'ispravnik parut les écouter avec le plus vif intérêt.

« Et votre nièce, lui demanda-t-il, que fait-elle ?

— Ma nièce ? Mais rien... elle va bien !

— Est-elle restée à la maison ?

— Non, elle est allée je ne sais où !

— Ah ! elle n'est donc pas partie, et elle demeure encore chez vous à Gratchevka ?

— Certainement ! Où irait-elle, puisque son mari 'guerroie' en

Serbie !

— En reçoit-elle souvent des lettres ?

— Pas une seule, comprenez-vous cela ?

— Je suis complètement sous le charme de votre nièce, dit à son tour le juge de paix en s'approchant… J'ai eu, comme vous le savez, le plaisir de la voir à mon tribunal.

— Ah ! Grand Dieu ! s'écria Anfissa Ivanovna, en faisant un geste de désespoir… qu'ai-je donc fait de ma mémoire ?… Et moi qui allais oublier de vous remercier pour le procès Trichkine !

— Ce n'est pas moi, c'est votre nièce que vous devez remercier.

— C'est donc votre cause que Meletina Petrovna a si chaleureusement plaidée ? s'écria 'l'Indispensable'.

— Oui, c'est la mienne !

— Bravo ! elle s'en est, ma foi, bien tirée. Je regrette de ne pas avoir l'avantage de la connaître : je lui aurais baisé les dix doigts de ses petits pieds, et bu du champagne à sa santé dans son soulier mignon !

— Ah ! Ah ! Vraiment ? dit en riant Anfissa Ivanovna.

— Savez-vous qu'elle est très jolie ? reprit le juge.

— Oui, c'est une bonne petite femme », répondit la vieille dame.

Le soir, après avoir savouré une excellente tasse de thé, elle se leva pour prendre congé de ses hôtes, mais ceux-ci refusèrent, avec tant de cordialité, de la laisser partir à une heure aussi avancée, et l'engagèrent si vivement à passer la nuit chez eux, et à se bien reposer, qu'elle céda à leurs instances ; seulement elle fit ses conditions : on ne lui en voudrait pas si elle se retirait quand bon lui semblerait.

« Quelle chance pour nous qu'elle se soit décidée à coucher ici ! murmura l'ispravnik à l'oreille du procureur.

— Oui, ça arrive on ne peut plus à propos. »

Peu de temps après, deux tarantass emmenaient de chez le

maréchal de la noblesse l'ispravnik, le procureur et l'officier de gendarmerie.

XV

Ce même soir la « Société des Zélateurs », réunie *in plenum*, décida à l'unanimité que les opérations commenceraient à la tombée de la nuit. Tous les engins destinés à la chasse furent passés en revue, et reconnus en bon état. Ils se composaient de deux grands filets, de cinq petits, de huit crampons, de plusieurs gaffes, et de quatre énormes pelles pour aider à retirer le crocodile du filet. Après une longue discussion sur l'emploi de ces différents objets et sur le plan à suivre, il fut arrêté qu'on barrerait la rivière au moyen d'un de ces filets, en aval de l'endroit où s'étaient montrés les amphibies, que l'on descendrait le courant avec un second en allant vers le premier, de façon à les empêcher de s'échapper par l'une des extrémités, et comme il était bien et dûment constaté que rien n'était plus aisé pour ces animaux que de sauter de la rivière dans les joncs et vice versa, on jugea également nécessaire de poster des hommes à cheval dans le marais, en ayant soin de les armer au préalable de fourches en fer et de haches.

On s'occupa ensuite de diviser le travail entre les différents membres de la Société, afin de prévenir toute confusion : d'empêcher, par exemple, les cavaliers de se jeter à l'eau pour traîner le filet, les hommes à pied d'enfourcher un cheval... etc. Cette intéressante question souleva des disputes et un tumulte sans fin : les uns ne voulant pas rester dans la rivière, de peur d'être avalés par le crocodile ; les autres se refusant à faire la chaîne, ce qui aurait infailliblement pour effet de les tenir tellement éloignés de la scène du drame, qu'ils étaient sûrs d'avance de ne rien voir, et d'être oubliés quand on ferait la distribution d'eau-de-vie. Après beaucoup de tapage et de récriminations de part et d'autre, on finit enfin par s'entendre, et chacun fut mis au courant de ce qu'il avait à faire.

Znamenski, qui n'avait pas cessé de parler, était à bout de forces ; d'autres « Zélateurs », également fatigués par cette orageuse discussion, demandèrent qu'on apportât de l'eau-de-vie pour se restaurer et se préparer à la besogne. Cette proposition fut acclamée avec enthousiasme.

Sur ces entrefaites, un soi-disant membre de la « Société pour dompter les animaux récalcitrants », délégué par elle pour se mettre aux ordres de la « Société des Zélateurs » et l'aider dans sa chasse aux crocodiles, demanda à être admis dans la réunion. La réunion, justement flattée de cette gracieuse démarche, commença par lui offrir un verre d'eau-de-vie, tout en lui détaillant le plan qu'elle venait d'adopter. Il approuva tout, sauf un point : les dispositions étaient admirablement prises ; mais on avait oublié le jardin d'Anfissa Ivanovna : il ne pouvait s'empêcher de le regretter, car les crocodiles y avaient été vus dans le massif d'acacias par le jardinier Braguine et le gardien Karp. Il était donc urgent de le surveiller, et même de très près ! La Société, stupéfaite d'avoir pu commettre un tel oubli, n'hésita pas à avouer qu'elle n'avait pas effectivement songé à cet endroit important. L'étranger se proposa aussitôt pour y monter la garde. On lui adressa les plus chaleureux remerciements, et l'on s'empressa de lui donner un fusil à deux coups, mais le modeste savant le refusa, et, tirant de sa poche un petit instrument, qu'il appliqua à ses lèvres, il en tira un coup de sifflet si aigu, que toute l'assistance en fut littéralement assourdie : « Ceci me suffira parfaitement, ajouta-t-il, car il est prouvé que les crocodiles redoutent terriblement le bruit du sifflet. »

M. Znamenski, n'ayant rien lu de pareil dans les livres de Wolff, en fut on ne peut plus surpris, mais il ne tarda pas à se rassurer, lorsque l'honorable étranger lui eut assuré que c'était une découverte récente, et le résultat de longues et patientes recherches. Cette explication inspira au digne maître d'école le plus grand respect pour son confrère, et il appuya avec chaleur la proposition que fit ce dernier de poser dans le marécage plusieurs pièges à loup, moyen qui avait été employé en Afrique avec succès dans les chasses aux crocodiles sur les bords du lac Gambo.

Alexandre Vassilievitch Sokolov, homme pratique par excellence, décida, à part lui, qu'il mettrait à profit la tâche qui lui était dévolue de veiller sur le filet destiné à barrer la rivière, pour mener à bonne fin une opération commerciale des plus avantageuses : les expéditions de chasse tentées par la Société pendant la dernière quinzaine, lui ayant en effet démontré qu'on pouvait attraper une énorme quantité de poissons, des brochets et surtout des sterlets, il était dès lors à prévoir qu'aucun des propriétaires riverains ne prélèverait le droit de pêche, afin de ne pas entraver la recherche du monstre. Ces circonstances venant en aide à son projet, il s'approvisionna en conséquence de plusieurs mesures de sel et d'un certain nombre de tonneaux, qui furent apportés, par son ordre, sur le bord de la rivière. Si le crocodile restait invisible, on aurait du moins de quoi saler le poisson, et c'était là une marchandise dont le débit était assuré, à la veille du carême de l'Assomption ! Il loua deux paysannes, et enjoignit à sa femme et à son fils de se tenir sur les lieux, et de ne pas perdre un moment de vue ce qui s'y passerait. Ses préparatifs furent poussés avec une telle vigueur, que vers cinq heures du soir quatre tonneaux et un grand sac de sel étaient déjà placés sur une télègue, qui se dirigea immédiatement vers l'endroit désigné, en compagnie de Mme Sokolov, de son fils et des deux femmes, dont il avait été convenu qu'on payerait le travail en nature, c'est-à-dire avec le fretin. Un peu avant six heures, tous les membres de la Société se rendirent, l'un après l'autre, dans la boutique de Sokolov, et au bout de quelques moments, cavaliers et piétons, télègues et engins de chasse, tout se trouva au grand complet. On délivra à chacun l'instrument qui lui avait été assigné, et enfin, après avoir fait plusieurs signes de croix, cette foule, composée de trente personnes, auxquelles vinrent encore se joindre une quarantaine de paysans, se mit en route pour Gratchevka.

XVI

Pendant que ceci se passait à Rytchi, le père Ivan, assis devant la fenêtre de sa chambre, prenait le thé avec son fils. Le vieillard avait la mine sombre : il pensait à la démarche d'Anfissa Ivanovna, se demandait quel en serait le résultat, et s'attendait, à chaque minute, à voir apparaître le porteur de la nouvelle tant désirée.

Au bruit d'une voiture qui s'arrêta devant les marches du perron de sa maison, il se pencha hors de la fenêtre :

« Qui est-ce ? demanda-t-il à Asklipiodote.

— L'ispravnik, à ce qu'il me semble. »

Le père Ivan se hâta d'aller à sa rencontre le mena au salon, le fit asseoir sur le canapé, et lui proposa un verre de thé, que, malgré son attitude quelque peu embarrassée, le visiteur parut accepter avec plaisir.

« J'arrive, dit-il, de chez le maréchal de la noblesse, j'y ai vu Anfissa Ivanovna, qui s'est décidée à passer la nuit à Noviki. »

Le père Ivan, absorbé et inquiet, soutenait fort mal la conversation. L'ispravnik, de son côté, roulait entre ses doigts sa chaîne de montre, et semblait de plus en plus mal à l'aise. Enfin, rompant le silence, il déclara au vieux prêtre qu'il avait à remplir auprès de lui une mission pénible qui le touchait de près ; mais qu'il avait lieu d'espérer toutefois que « la chose » n'aurait pas de suites désagréables. À ces mots, le père Ivan devint pâle comme un mort :

« Qu'est-ce donc ? murmura-t-il tout tremblant.

— Votre fils est-il chez lui ?

— Oui.

— Je voudrais lui parler… »

— Au sujet des deux cents roubles ?

— Non, cette affaire-là est terminée : l'adjoint du procureur l'a formellement promis à Anfissa Ivanovna.

— Il y a donc autre chose ? »

L'ispravnik croisa ses jambes, tortilla de nouveau sa chaîne de montre, engagea le vieillard à se rassurer, et le pria de faire appeler son fils. Celui-ci étant sorti, un domestique fut envoyé à sa recherche. À la prière du pauvre père de lui dire la vérité, l'ispravnik, pour toute réponse, lui tendit un papier. À peine en eut-il lu les premiers mots, qu'il en fut tout bouleversé, il sentit ses jambes se dérober sous lui, et il se laissa tomber, sans forces, sur une chaise, à la grande consternation de son hôte, qui courut vers lui, en lui renouvelant ses assurances et ses consolations :

« Asklipiodote n'est assurément qu'un instrument, lui dit-il... Il ne faut pas se chagriner !

— Mais, grand Dieu ! Comment ne pas se chagriner, lorsque dans ce rapport il est question d'une société qui répand des brochures révolutionnaires, et de la perquisition à faire chez mon fils ?... On y parle même de Meletina Petrovna ?

— Oui, oui, on en parle, dit l'ispravnik en souriant.

— Et la pauvre vieille le sait-elle ?

— Non, pas le premier mot : aussi sommes-nous enchantés qu'elle soit restée à Noviki, car, au moment où je vous parle, l'officier de gendarmerie est occupé à faire une visite domiciliaire chez elle. »

« Mon Dieu, mon Dieu ! que faire à présent ? » murmura le père Ivan, en introduisant dans la chambre de son fils l'ispravnik et les témoins qu'il avait amenés. Puis, les y laissant faire leur devoir, il retourna au salon et se mit à sangloter comme un enfant.

On inspecta minutieusement la chambre d'Asklipiodote, et on y trouva, dans le tiroir d'une table, un tas de brochures et de brouillons d'appels au peuple, qui furent liés ensemble, pendant qu'un des témoins dressait le procès-verbal de leur visite. Prenant le paquet en mains, l'ispravnik tourna la tête du côté du salon ; mais, à la vue du pauvre prêtre qui pleurait à chaudes larmes, il fit un geste de pitié, et sortit de la maison. Le domestique qu'on avait envoyé à la recherche d'Asklipiodote le rencontra, et lui dit qu'il avait fait le tour du village sans le trouver. Congédiant alors les témoins, l'ispravnik monta dans son tarantass, et donna l'ordre au cocher de le conduire chez Anfissa Ivanovna.

Une scène analogue venait de se passer à Gratchevka, avec cette différence toutefois que Zotytch, Damna et Daria Fedorovna, la femme de ménage, qui s'étaient réunis dans le premier salon, aux approches de la nuit, de peur des crocodiles, avaient énergiquement refusé à l'officier de gendarmerie de le laisser entrer. Leur maîtresse était pour le moment absente du logis, il n'avait rien à y faire. Après avoir donné toutes sortes de raisons, ils s'étaient décidés à lui ouvrir la porte, lorsqu'il leur eut assuré que son seul but était d'attraper les terribles amphibies. Aussitôt entré, il demanda Meletina Petrovna, mais personne ne put lui dire où elle était allée !

Il ne trouva rien de suspect dans sa chambre : il n'y avait dans sa commode et dans son armoire qu'une vieille robe et une paire de chaussures usées, qui dataient du jour de son arrivée à Gratchevka. Néanmoins, dans un coin de l'appartement, on découvrit un monceau de cendres qui provenaient évidemment de papiers brûlés.

« Habilement mené ! dit l'officier de gendarmerie, en prenant une poignée de cendres… On voit que c'est un vieux loup ! »

Au même moment, arriva l'ispravnik.

« Eh bien ? demanda-t-il.

— Vous voyez, dit le gendarme, on souffle dessus… et puis, plus rien !... » et joignant l'action à la parole, il souffla, la cendre s'envola, et il ne lui en resta pas une parcelle dans la main !

« Une, deux, trois, et le tour est fait ! dit l'ispravnik en riant... Quant à moi, j'ai été plus heureux : j'ai trouvé quelque chose... Tenez, voici mon paquet !

— Ah ! Vous, vous êtes un favori de la fortune, nous le savons... Ne vous fourre-t-on pas des brochures jusque dans la poche de votre paletot... C'est elle, j'en suis sûr, qui vous aura joué ce tour.

— Mais où est-elle allée ?

— On n'en sait rien ; et votre oiseau, à vous, où est-il ?

— Déniché également. »

On procéda aussitôt à la rédaction du procès-verbal, puis, après y avoir apposé leurs signatures, le procureur et l'ispravnik se rendirent à Rytchi, pour y passer la nuit.

Les vieux serviteurs refermèrent avec soin la porte à clef, et bientôt toute la maisonnée fut plongée dans un doux sommeil.

XVII

Il fait nuit noire ; la terre et le ciel se confondent à l'horizon dans un vague sans limites, et le piéton attardé pose le pied avec hésitation pour éviter une ornière, ou étend les bras en avant pour ne pas aller se heurter la tête contre un obstacle invisible. D'épais nuages d'un gris terne flottent en l'air, et à leur extrême limite se dessine la bande lumineuse qui indique le couchant. Le silence est si profond que le moindre bruit se répercute dans l'espace, et s'y prolonge, en s'affaiblissant par degrés insensibles.

Les bords de la rivière où la « Société des Zélateurs » se prépare à donner la chasse aux crocodiles présentent à ce moment un tableau tout opposé, et vraiment digne du pinceau d'un grand maître. Pour triompher de l'obscurité, et examiner à l'aise le terrain, on a allumé plusieurs tas de bois mort et de roseaux secs, qui flambent sur divers points. La lueur qu'ils répandent, rougeâtre comme celle d'un incendie, éclaire au loin les groupes qui se meuvent autour, et transforme les eaux, si paisibles jusque-là, de la Gratchevka, en un torrent de sang ! On forme le cercle avec des hommes à cheval armés de fourches qui ressemblent vaguement au trident de Neptune, et on leur réitère l'ordre de veiller sur les environs, de donner à temps le signal convenu, et de poursuivre les crocodiles, dans le cas où ces monstres parviendraient à franchir la ligne. Les pièges à loup ont été placés de distance en distance par les soins de M. Znamenski. Malgré son extrême fatigue, il se multiplie à l'infini, et va de droite et de gauche, en encourageant tout son monde.

Le filet destiné à barrer la rivière juste à l'endroit où Meletina Petrovna se baignait de préférence, est mis à l'eau, et les cinq hommes préposés à la garde de chacun des deux bouts sont chargés de le haler sur la berge, dès qu'ils sentiront le crocodile engagé dans les mailles. Par surcroît de précaution, un paysan reçoit l'ordre de stationner auprès d'eux dans son bateau, de leur venir en aide, le cas échéant, de frapper l'eau de sa rame à coups redoublés pour effrayer l'animal et l'empêcher de s'échapper. Cet endroit, considéré à juste titre par tous comme le point stratégique le plus important, sera sans doute le théâtre de la dernière scène du drame.

Alexandre Vassilievtch Sokolov s'y était installé avec ses tonneaux et son sac de sel. Sa surexcitation était telle, qu'il ne tenait pas en place et qu'il courait, tantôt autour des tables préparées pour nettoyer le poisson, tantôt après son fils, qui s'amusait à danser avec les fillettes, au lieu d'aiguiser les couteaux, tantôt vers les bords de la rivière, dont il craignait de voir les propriétaires apparaître tout à coup et mettre le grappin sur sa pêche. Enfin il ne cessait de harceler M. Znamenski, pour qu'il donnât le signal de l'ouverture de la chasse.

La direction du second filet, c'est-à-dire de celui qu'on devait ramener vers le premier en descendant la rivière, avait été confiée à Nirioute, le feldscher. Pour être mieux à même d'explorer la plus grande étendue d'eau possible, il avait fait plonger le filet à une certaine distance en amont de l'endroit devenu célèbre par l'apparition du monstre, et disons à sa louange qu'il s'était consciencieusement acquitté de sa besogne.

Les ordres continuent à se transmettre à voix basse ; un silence complet règne sur toute la ligne, et c'est à peine s'il est interrompu de temps en temps par le bruit que font les cordes en descendant dans l'eau…

Enfin, on respire ! Le fatal, le terrible, le principal endroit est définitivement cerné !

Mais n'y a-t-il pas encore le marais, et au-delà du marais l'espace qui s'étend jusqu'à la lisière du bois qui sépare Gratchevka de Rytchi, et auquel il est indispensable de songer pour forcer les crocodiles, dans le cas où ils s'y réfugieraient, à retourner à la rivière ? Une chaîne de traqueurs se tenant par la main l'entoure aussitôt de trois côtés, avec ordre de s'avancer, au premier signal, au travers des joncs, dans la direction du bord de l'eau. Comme ils sont les plus exposés à être dévorés, et qu'il est à craindre qu'ils ne rompent la chaîne et ne prennent la fuite à la première alerte, on choisit pour les commander des hommes d'une volonté de fer et d'une bravoure à toute épreuve. Ces élus n'hésitent pas une minute à se rendre à l'appel de leur nom, en vertu de l'axiome infaillible que la guerre enfante toujours des héros ! M. Znamenski et le membre inconnu de la « Société pour dompter les animaux récalcitrants » sont chargés de ce commandement important.

La rive gauche de la Gratchevka demande également à être rigoureusement défendue, car, bien que le village de ce nom y soit situé, elle pourrait, dans un moment donné, offrir aux crocodiles une issue d'autant plus facile, que le terrain, entrecoupé de vergers et de potagers séparés par d'épaisses rangées de saules, présenterait, en vue de la poursuite, des obstacles presque insurmontables. On remédie à l'instant à cet inconvénient en formant une seconde chaîne de traqueurs composée de gens de bonne volonté, de paysans et de paysannes, alléchés par la perspective de recevoir une certaine portion d'eau-de-vie. Kousma Vassilievitch Tchournossov est nommé commandant de cette seconde chaîne, en raison des dimensions respectables de sa personne, qui, par sa hauteur et sa largeur, en font un objet peu facile à avaler !

Ainsi donc, grâce à ces ingénieuses combinaisons la fuite du crocodile est devenue désormais de toute impossibilité !

Nirioute, le feldscher, fait encore une fois sa ronde et après s'être assuré que chacun est à son poste, et que « l'esprit des troupes » est excellent, revient à son filet, prend son fusil, et tire un coup en l'air !... C'est le signal !

Un sourd frémissement parcourt la foule pendant l'espace d'une seconde, puis tout retombe dans ce silence et dans ce calme profond qui sont d'habitude les menaçants précurseurs de l'orage ! ... Tout se tait ! Sauf le bruit éloigné des joncs qui plient et se froissent sous les pieds des traqueurs, et le clapotement de l'eau sous la pression du filet que l'on tire, pas un son, pas un cri ne se fait entendre !

Le silence continue ; Sokolov lui-même oublie la pêche qu'il s'était promise, et ne souffle mot. Debout dans son batelet, ses longs cheveux ramenés sous son chapeau, le diacre Kosmalinski navigue d'un air solennel et recueilli, en frappant l'eau de son aviron... On entend tomber une à une les gouttes qui en découlent...

Tout à coup, un cri épouvantable, parti du côté de la chaîne des traqueurs, s'élève au milieu des ténèbres.

« Le crocodile ! le crocodile ! crie une voix effarée... À moi ! au secours !... Il me tient le pied, il le dévore !

— Serrez les rangs ! s'écrie le délégué de la 'Société pour dompter les animaux récalcitrants'. Serrez les rangs !... » Et il s'élance en avant.

La chaîne entière fait un mouvement de recul, dans l'intention évidente de fuir à travers champs, mais l'autorité du délégué la retient de force et, rejetant en arrière le malheureux blessé, il entraîne les traqueurs à sa suite...

« Le crocodile ! s'écrie une autre voix. Il me mord ! Il me mord !

— Serrez les rangs ! » répète l'étranger d'une voix de tonnerre.

Mais au même moment il se passe un fait en dehors de toutes les prévisions : la chaîne entière des traqueurs se met à hurler, et des cris épouvantables partent du milieu des joncs : « Au secours !... Aux crocodiles !... Ils nous rongent les pieds !... Il y en a un troupeau !...

— Un troupeau ! un troupeau ! répète-t-on de tous côtés.

— Serrez les rangs ! » reprend encore l'inconnu ; mais c'est en vain, personne ne l'écoute plus, la chaîne se rompt et, malgré sa colère et ses injures, ceux que les crocodiles ont épargnés détalent au plus vite.

Il cherche en vain à retenir les fuyards en les bourrant de coups de poing ; tous décampent à qui mieux mieux, et il court vers la rivière pour chercher du renfort... Au moment où il allait l'atteindre, un objet informe se dresse devant lui, et plonge dans l'eau, en l'éclaboussant de la tête aux pieds.

« Le crocodile ! s'écrie-t-il à son tour, en s'essuyant la figure.

— Où ça ? où ça ? demande M. Znamenski, à qui la peur a fait quitter son poste, et qui accourt à lui hors d'haleine.

— Mais là ! là !... et le plus étrange, c'est qu'il m'a paru avoir deux queues !

— C'est possible, très possible ! reprend le digne maître d'école, en soufflant comme un phoque... J'ai lu tout dernièrement qu'on avait apporté du Japon quelques exemplaires d'un certain poisson à trois queues, et à écailles chatoyantes qui présentaient à l'œil les sept couleurs de l'arc-en-ciel !

— Par ici ! par ici !... Nous le tenons ! » crient tout à coup ceux qui tirent le filet, et qui ont grand-peine à le haler sur le bord... Chacun se précipite... Mais, au lieu d'un crocodile, que voit-on, tout couvert de coquillages, d'herbes et de plantes aquatiques ?... Le malheureux Asklipiodote Psychologov !

Cette capture inattendue est accueillie par un cri général de stupéfaction. L'étranger seul conserve un calme parfait, et, s'approchant de lui, le salue en lui disant ces cinq mots : « Employé de la police secrète !... » Nouveau coup de théâtre !

Les gémissements dans le marais ne cessant point, les paysans rassurés y pénètrent, et en rapportent un à un les blessés, et l'on constate, avec une surprise extrême, que leurs pieds sont pris dans les pièges à loup !... Ce n'étaient donc pas des crocodiles !

XVIII

Anfissa Ivanovna ne revint chez elle que le troisième jour après les événements que nous venons de rapporter, et dont les détails lui avaient été communiqués par l'ispravnik, le procureur et « le Bleuet dangereux». La bonne vieille n'en comprit pas le premier mot, et leur demanda, avec étonnement, quel besoin ils avaient eu de poursuivre sa nièce et son filleul, et puisque ce dernier était tombé dans le filet, cela ne prouvait-il pas que les crocodiles étaient encore à Gratchevka ?

Le départ inopiné de Meletina Petrovna lui sembla aussi inexplicable que l'arrestation du pauvre Asklipiodote, alors que, grâce à sa prière, le procureur lui avait pardonné !

De retour à Gratchevka, elle fit part de ses impressions à Zotytch, à Domna et à Daria Fedorovna ; mais ces braves serviteurs ne purent l'éclairer en aucune façon sur ces faits extraordinaires, car pas plus que leur maîtresse, ils ne comprenaient ce qui s'était passé.

Pendant qu'elle causait avec eux, Anfissa Ivanovna ôta successivement ses boucles d'oreilles et sa broche qu'elle avait mises tout exprès pour aller faire sa visite au maréchal de la noblesse. Pressée de les replacer à l'endroit où elles étaient habituellement, elle ouvrit le tiroir de la commode qui contenait sa boîte à bijoux… Quelle ne fut pas, hélas ! sa consternation, en voyant que la serrure avait été forcée et que les bijoux avaient disparu !

« Mes bijoux ! où sont mes bijoux ! S'écria-t-elle.

— Où sont vos bijoux ? » reprirent en chœur les trois serviteurs.

La lumière se fit tout à coup dans sa pauvre tête :

« La serrure est brisée, c'est ma nièce qui les a volés ! » dit-elle.

Son entourage échangea un regard affirmatif. « Oui, vous avez raison, c'est elle, c'est bien elle !... » et Zotytch raconta comment, en l'absence de sa tante, Meletina Petrovna était entrée dans sa chambre à coucher et comme quoi elle y était restée très longtemps, après en avoir renvoyé Domna, et s'y être renfermée à double tour. En sortant de là, elle s'était retirée chez elle, d'où bientôt il s'était échappé une forte odeur de fumée, ce qui lui avait tout d'abord causé une certaine inquiétude ; mais un moment après, la jeune femme, ayant trouvé Domna sur son passage, l'avait rassurée en lui disant qu'elle venait de brûler des lettres. Là-dessus elle était sortie, et personne d'entre eux ne l'avait revue depuis lors.

Le même jour, le facteur de la poste apporta à Anfissa Ivanovna une lettre qui était conçue en ces termes :

« Très honorée Anfissa Ivanovna !

« Des circonstances personnelles m'ayant obligée de quitter votre maison à la dérobée, je viens vous prier de m'excuser si, par suite de certains événements, je me suis laissée aller à vous tromper, mais, comme vous le savez, la fin justifie les moyens ! Aujourd'hui que me voilà loin de votre toit hospitalier, je puis, sans danger, vous avouer que je ne suis pas votre nièce, et que son existence, aussi bien que la vôtre m'étaient totalement inconnues jusqu'à mon agréable rencontre en wagon avec Asklipiodote Psychologov. Tout en causant avec moi, il m'apprit que votre nièce Meletina Petrovna était mariée, que son mari se battait en Serbie, que vous ne l'aviez jamais revue depuis qu'elle avait été chez vous 'à l'âge tendre d'un an'. La fantaisie me prit alors de me faire passer pour elle, bien que j'eusse l'intention d'aller dans un autre gouvernement. Comme je croyais que ce changement d'itinéraire pouvait me rapprocher de mon but, il me parut avantageux, et je me rendis tout droit chez vous. Malheureusement, mes calculs se sont trouvés faux, et je me vois forcée de transporter mon activité sur un terrain plus favorable. Ayant eu pour cela besoin d'argent et en ayant vainement, quoique minutieusement, cherché dans vos tiroirs, j'ai dû bien malgré moi, emporter vos bijoux ; vous ne devez pas du reste en avoir un grand regret, car leur vente ne m'a rapporté que 57 roubles 42 kopecks, que j'ai dépensés aussitôt en frais de voyage ! Ne vous donnez pas la peine de chercher à me découvrir… Je ne suis pas de celles qui se laissent prendre dans un filet avec des grenouilles, et je me console en pensant qu'après avoir lu ma lettre vous cesserez de pleurer la perte de vos bijoux, puisque vous recevez en retour l'assurance que votre propriété n'abrite plus un seul crocodile ! »

« Dieu en soit loué ! dit Anfissa Ivanovna, en repliant cette aimable épître, et en se signant dévotement.

— Mais de quoi ? s'écrièrent à la fois ses trois fidèles serviteurs.

— De ce qu'il n'y a plus de crocodiles !

— Tiens, c'est vrai !… Dieu en soit loué ! Répétèrent-ils, en se signant à leur tour… Mais qui donc vous écrit ?

— Je n'en sais rien, absolument rien », reprit Anfissa Ivanovna, désormais si bien tranquillisée que les incidents de ces dernières journées s'effacèrent, comme par enchantement, de sa mémoire.

Quinze jours plus tard, M. Znamenski, appelé à la barre du tribunal du juge de paix, eut à se défendre d'une accusation portée contre lui par le stanovoï. Celui-ci lui reprochait d'avoir répandu à plaisir des bruits mensongers sur l'existence de crocodiles à Gratchevka, et ajoutait que, bien que ces bruits n'eussent aucune couleur politique, ils n'en faisaient pas moins naître une inquiétude fâcheuse dans les esprits des habitants.

Cette cause avait attiré beaucoup de monde dans la chambre où siégeait le tribunal : on y voyait le « membre permanent »

Sokolov, Tchournossov, Nirioute, Ivan Maximytch et plusieurs autres membres de la « Société des Zélateurs ». Le malheureux Znamenski, en proie à un violent coryza, enveloppé de plaids, de cache-nez, d'un paletot ouaté, et grelottant la fièvre, se tenait au milieu de la chambre, le visage défait, livide, et les yeux près de sortir de leurs orbites. Le juge écrivait lentement la sentence : le grattement de sa plume, et le bruit que faisait sa chaîne (insigne de sa dignité) en frappant le bois de la table, rompaient seuls le morne silence qui régnait dans la salle. Il s'arrêta enfin et invita l'assistance à se lever pour entendre le jugement : M. Znamenski était déclaré coupable d'avoir répandu de faux bruits, d'avoir excité par là les esprits, et, en conséquence de ces faits, était condamné à quinze jours de prison.

La foule se dispersa en causant.

« Eh bien, que vous disais-je ? N'avais-je pas raison quand je vous parlais de 'la question des coups de poing dans la nuque' », dit Ivan Maximytch.

On éclata de rire à cette réflexion.

« Oh ! 'la montagne de péchés' qu'il y a là !... Oui, oui, 'vingt avec le loup, un sans queue et quinze avec les pies, toutes à courtes queues' !... Eh ! Eh !... Et vous, Kousma Vassilievitch, ajouta-t-il en s'adressant à Tchournossov, votre argent, vous l'a-t-elle rendu, la belle dame ? » Tchournossov fit une grimace et ne répondit mot.

« À quoi sert d'en parler ? dit Sokolov... À moi, elle m'en a pris pour trente roubles au moins dans ma boutique !

— Je crois, mon cher, dit le 'membre permanent' au juge de paix, que ton dada est de mettre les gens en prison... Après Anfissa Ivanovna, ç'a été le tour de Znamenski.

— Eh bien, je ne vois pas...

— Comment ? Tu ne vois pas que c'est un homme malade,

nerveux... Je regrette de ne pas l'avoir su plus tôt, je l'aurais défendu.

— Ça n'aurait rien changé à mon arrêt.

— Pardon, cher ami, j'ai lu, moi aussi, bon nombre d'articles sur les monstres marins, et je te serais bien obligé de m'expliquer, si tu peux, pourquoi on ne met pas également en prison ces missionnaires, ces évêques, ces capitaines Dreware, que le diable emporte ! qui impriment impunément un tas de balivernes dans tous les journaux... Pourquoi, je te prie ?

— Parce qu'ils ont écrit la vérité !

— Tu sais bien que non, puisque Smith a démontré par A plus B leur sottise, et que tous ces monstres marins ne sont que des méduses gigantesques !... Pourquoi alors ne leur envoies-tu pas une assignation ?

—Je n'ai pas à m'en occuper, reprit le juge de paix avec un calme imperturbable... Ils ne sont pas de mon ressort.

— Et s'ils en étaient ?

— S'ils en étaient ? Eh bien, je les mettrais en prison comme les autres. »

Le « membre permanent » le quitta exaspéré.

Ivan Maximytch, qui avait accompagné Sokolov jusqu'à sa boutique, continua, tout en clignant ses petits yeux, à débiter, à haute voix, ses aperçus philosophiques :

« Faut leur rendre justice à nos instituteurs, ils sont gentils, pas plus de cervelle qu'une brebis !... L'un par rapport à la question des crocodiles, l'autre par rapport à la galanterie... Si cela va longtemps de ce train, nos enfants ne feront jamais connaissance avec la question de l'A, B, C... c'est certain ! Oh ! là ! là ! Quelle montagne de péchés !... »

Et Ivan Maximytch secoua tristement la tête.